「ここはお前達の踏み込める場所ではない。すぐに帰れヒューマン」
アリューシャ
経験値貯蓄で傷心《のんびり》旅行 2
〜勇者と恋人に追放された戦士の無自覚ざまぁ〜
Lemon Tokugawa
徳川レモン
illust. riritto

水辺にて

「トール、なぜここに!?」
「久しぶりだなセイン」

経験値貯蓄でのんびり傷心旅行 2

～勇者と恋人に追放された戦士の無自覚ざまぁ～

Lemon Tokugawa
徳川レモン

illust. riritto

Chilling sentimental journey with Experience point saving

Character's

フラウ

フェアリーの里出身。古代種を捜す。

カエデ

トールを慕うビースト族の奴隷。

トール

勇者と恋人に追放された戦士。

セイン

行く先々でひどい目に遭う勇者。

ロー助

ロープ代わりにもなる攻撃型の眷獣。

パン太

物を運ぶのが得意な眷獣。

ネイ

前衛を担当する格闘家。

ソアラ

回復系のスキルを扱う聖職者。

リサ

トールの元恋人。炎魔法を扱う。

Contents

Chilling sentimental journey with Experience point saving

プロローグ Prologue

俺は今、強い危機感を抱いている。

フェアリーの里での数日間は非常に良いものだった。住人は気さくで気配りができて、かつてないほど快適な生活をおくることができた。こんなにも居心地が良い場所は、他に思い当たらないほど。まさに楽園と呼ぶにふさわしい。

十二分に満喫した俺達《たち》は、タイミングを見計らって旅立つことにした、のだが。

「お願いします、どうかもう少しだけこの里に！」

「うわぁぁあああああっ！　トール様！　トール様！」

「ずっとずっとここにいてくだされ！　どのような苦労もさせませぬ！」

「どうかお待ちを！　あと三十年ほどごゆっくりしてください！」

フェアリー達に足にしがみつかれてひどい有様だ。老若男女関係なく――いや、やけに子供と女性の比率が高い気がする。

とにかくわらわらと足下に集まってきて泣き叫ぶのだ。

おまけに前に進もうにも、前方ではフラウの祖父であり里の長《おさ》であるジージンとその他の者達が平伏して阻もうとする。

なんとか振り切ろうとするが、罪悪感がのしかかり足が前に出ない。

カエデもひどく困惑しているようで、どのように対応すべきか分からず、あたふたと狼狽《うろた》える姿を見せていた。

「うるさーい！　あんた達それでも偉大なる種族のしもべなの！」

一喝したのはツインテールを風になびかせるフラウ。

パン太の上で腕を組んで、住民を遥《はる》か高みから見下ろす。その姿は威風堂々たる力のある立ち姿だった。今日のフラウはオーラが違う、目つきが違う、胸の大きさ……は同じか。

里の者達はハッとした表情を浮かべた。

「誇り高きしもべなら、主人を快く送り出しなさいよ！　主様《あるじさま》はここを気に入ってくれたんだから、堂々と帰りを待てば良いの！」

「おお、フラウよ。少し見ないうちになんと逞《たくま》しく成長したのじゃ。皆のもの、孫の言う通りじゃ。我らはトール様を快く送り出そうではないか」

長の言葉に従いフェアリー達は解放してくれる。彼女が事態を収束してくれなければ、彼らの手を振り払って強引に旅立たないといけなかった。

恐るべきはフェアリーの従属意識。

こいつら俺が旅立つって言い出さなかったら、いつまでも住まわせるつもりだったに違いない。

冷や汗が出る。危うく骨抜きにされるところだった。

フラウには感謝だな。あとで存分に頭を撫《な》でておくか。

「また戻ってくるから！　じゃあね！」

里の者達に手を振り出発する。

フェアリー達はいつまでも見送り続けていた。

◇

俺達は遺跡内部にある転移の魔法陣へと到着した。

飛び込む前に最後の確認を行う。これから先なにがあるか分からない。いきなり水の中ってこともあり得る。地面の中だったら最悪だな。

フラウとパン太はリュックに押し込み、カエデには腰に抱きついてもらい万が一に備える。

できる限りの準備はした。あとは自身の運を信じるしかない。

「行くぞ」

「はい」

「いつでもいいわよ」

「きゅい」

俺達は魔法陣に飛び込む。

「――よっと」

飛び込んだ勢いのまま魔法陣の外へ着地する。

転移はほんの一瞬だった。

本当に移動したのか疑いそうなくらい飛んだ感覚がない。

だが、景色は先ほどとは違っている。瓦礫《がれき》に密閉された空間で、唯一ある魔法陣が青く発光していた。推測するにここは崩れた建物の中だろう。

「ご主人様、あの隙間から風が吹いています」

穴らしきところに手をかざせば、確かに風が吹いていた。

向こうに空間があるかもしれない。

穴を指で強引に広げ、フラウが通り抜けられそうな隙間を作る。

「フラウ、向こう側を見てきてくれないか」

「良いわよ。道があればここと繋《つな》げればいいんでしょ」

「頼む」

強引に壁をぶち破っても良いが、それだと建物全体が崩れる可能性がある。まずは奥を確認し、その上でフラウにハンマーで的確に壁を破壊してもらう方が安全だ。俺だと支えている柱までまとめてぶっ壊すかもしれないからな。

「ああもう、狭いわね」

「わっ！　ダメですご主人様！」

フラウのパンツが丸見えになり、カエデが慌てて俺の目を塞ぐ。前にも言ったが反応が遅いのだ。

ばっちりストライプの下着を見てしまった。

向こう側に出たフラウは「通路があるわ」と叫ぶ。

ばがんっ。合図もなく彼女は壁の一部をぶち抜いた。

「けほっけほっ、ほんと埃臭《ほこりくさ》いわねここ」

「ありがとう。これで外に出られる」

「主様の為《ため》なんだから当然でしょ」

埃まみれのフラウは腰に手を当てて満面の笑みだ。ここに来て頼りがいが出てきたな。

「充分に警戒しろ」

通路はやはり瓦礫が積み重なりかなり狭い。

俺達は隙間を通りつつ先へ先へと進み続けた。

「出口があるわよ！」

先行して様子を見てきたフラウが戻ってくる。

良かった。ちゃんと外と繋がっていたか。そうじゃなかったら大変な労力を強いられるところだった。

「ほら、あそこよ」

「…………」

でかい岩によって塞がれた通路の終着点。

彼女の言う通り、隙間から僅かに光が差し込んでいた。

さすがにこれは壊さないと出られそうにないな。しかし、派手にやると崩落してきそうだ。やるなら最小限度の力で障害物を排除しなければならない。

すらりと背中の大剣を抜く。

「二人とも下がっていろ」

正眼に構え呼吸を整える。呼び出すのは竜騎士の力である。

本来、このジョブは槍《やり》を得意とする。竜と戦い竜を従わせる高位の力。その最大の能力は弱点を見極め正確に突くこと。俺の目には岩のもろい部分が手に取るように分かる。

いける。これなら通路に衝撃を与えず斬ることができる。

波立たせず水の中の魚を切るがごとく、静かに鋭く刃を幾度も走らせた。

ぴしぴし。がらがら。岩は崩れ道が開ける。

「ご主人様すごい！　なんですか今のは！」

「フラウの目でも動きが捉えられなかった」

「きゅい」

剣を鞘《さや》に収める。

土埃《つちぼこり》が光に照らされながらもうもうと舞い上がっていた。

「名もない技だ。行くぞ」

俺達は薄暗い通路を抜けて外へと出た。

第一章 ＞＞＞ 戦士は幼なじみの手を掴む

宿の一室で手に入れた聖剣を眺める。

芸術品のような上品で美しい装飾が施された片手剣、刀身は一点の曇りもなく、鏡のように僕の顔を映す。まさしく勇者が持つにふさわしい武器だ。

自然と顔が緩みニヤニヤしてしまう。

「むふ、むふふふ」

ようやく、ようやく念願の聖武具を手に入れることができた。

どれほどこの日を待ち望んでいたか。

勇者のジョブを手にいれたあの日から、ずっと聖剣のことばかり考えていた。ジョブ、聖剣、そして王室から与えられた称号、この三つが揃《そろ》って初めて真の勇者と呼べる。

あとは勇者らしい華々しい活躍が必要だ。

それさえ達成すれば僕も歴史に燦然《さんぜん》と名を残すこととなる。

しかし、気を抜くのはまだ早い。いくら勇者のジョブが魔王戦に特化しているとはいえ、過去には魔王に敗れた勇者も存在する。僕がそうならない為《ため》には、最低でもレベルは１００を越えている必要がある。

それと……仲間だな。部屋にいる三人を一瞥《いちべつ》する。

格闘家のネイ、聖職者のソアラ、魔法使いのリサ。

いずれもレベルは40台、果たして最後まで使えるかどうか。

魔王へと至る道のりは極めて厳しい。足手まといをパーティーに置いておく余裕はない。それと僕を不快にさせる奴《やつ》もだ。選別は必須。

「この街の周辺で魔族が潜んでいるのでしょ。いつ討伐するの」

「動きがあればすぐにでもやるつもりだよ」

「今のレベルで勝てるでしょうか。もう少し鍛えてからでも遅くはない気がしますが」

「おいソアラ、そんな悠長なこと言ってられないぜ。住人はいつ襲われるかビクビクして暮らしてるんだぞ。見ただろ外の奴ら」

「それはそうですが、死んでは元も子もありませんん」

ちっ、また揉《も》め始めた。

ソアラは癒やしのスキルが使えるから加えているが、時々保守的な性格が全体の足を引っ張る。

僕をイライラさせるなよ。こんなヒューマン側の深い場所で、高レベルな敵なんて出てくるわけないだろ。

潜伏しているのはせいぜい20か30の雑魚と相場は決まっている。

ずずんっ。

建物が大きく揺れる。

「なんだこの揺れは!?」

「セイン、外の人達《たち》が逃げてるわ！」

「敵襲でしょうか」

「うし、アタシがぱぱっと片付けてやるよ」

僕らは宿を出て揺れの発生源へと向かった。

◆

外側から破壊され、大穴が空いた外壁。

百を超える魔族の兵が、壁の外から街へとなだれ込んでいた。

「お前ら、好きなだけ暴れて良いぞ。男は皆殺し、見栄えの良い女は連れてこい。食料と金品を集めるのを忘れるな」

指示を出すのは強者《つわもの》の風格を放つ巨軀《きょく》の男。

魔族の兵は逃げ惑う住人に容赦なく襲いかかる。

潜んでいたはずの奴らがなぜこのタイミングで襲撃してきたのか。僕の中で疑問が生じるが、どうでも良いことに気が付き頭の隅へと追いやった。

活躍の機会が向こうから来たんだ。喜ばしい事じゃないか。

「全員戦闘態勢！　あの男をやる！」

「分かったわ」

「まずは住人の避難を優先するべきかと」

「あのデカいのを倒せば退《ひ》くだろ。ここはどうにか耐えてもらうしかないじゃん」

「ですがっ――」

ソアラがまた反抗の意思を見せている。こんな時に乱れを生み出すな。

「黙れ！　一般人が何人死のうがどうだっていいんだよ！　お前は僕の言うことだけ聞いていればいいんだ！」

「は、はい」

びくりと体を震わせたソアラが顔を青く染める。

これ以上イライラさせるな。勝てる戦いも勝てなくなるだろうが。

「フレイムブロー」

リサの炎魔法が敵の集団を直撃する。あの指揮官らしき大男も炎に包まれた。

先制攻撃は成功。だが、この程度で死にはしないだろう。すかさず走り出し剣を振るう。勇者セインの一撃に戦慄するがいい。

凄《すさ》まじい音と共に刃が何かに防がれた。

「この程度の打ち込みで俺を倒せるとでも思ったか」

「無傷、だと!?」

炎が吹き飛び大男が現れる。その手には禍々《まがまが》しい斧《おの》が握られ、僕の剣は阻まれていた。

リサの魔法を喰《く》らって無傷なんて、こいつ、やばい。

鑑定スキルで確認すればレベルは150。

習得スキルは大したことないが、圧倒的なレベルの高さでありあまるほど補っていた。ぞくりと体に強烈な寒気が走った。本能が出す警告、恐らく戦闘技術でも僕を遥《はる》かに上回っている。

なんだこいつ、どうしてこんなところにこんな奴が。

男は僕を品定めするような目で直視した。

「貴様、もしや新しく選ばれた勇者か？」

「だ、だったらどうする！」

「そう怯《おび》えるな。魔王様より出会ったら少し遊んでやれと、ご命令を受けているだけだ。こんなところでうっかり殺したりはしない」

僕の剣は拮抗《きっこう》することもなくあっさりと弾《はじ》かれる。がら空きの腹部に激烈な左拳がめり込んだ。

「げぼっ!?」

突き抜ける衝撃と激痛に両足が屈する。

吐き出すのは血の混じった粘度の高い唾液。視界は揺れ、痛さと苦しさが思考を鈍らせる。激しく動揺した。これほどのダメージを受けたのは生まれて初めてだ。

がしっ、と髪を摑《つか》まれ強引に顔を上げさせられた。

「まさかたった一発で終わりか？　お遊びはここからだろ？」

「やめてくれ……ころさないで……」

「ぶふっ、ぶはははっ、なんだ怖《お》じ気《け》づいたのか。貴様レベルはいくつだ」

「63です」

「マジか。63で150に挑んだのか。間違いなく勇者だ。なぁ、お前達もそう思うだろ！」

男の背後に控えていた魔族の兵がゲラゲラ笑う。

僕はかつてないほどの屈辱を受けていた。

150だって知っていれば戦わなかったさ。こんな街見捨てて後退していた。笑うな、僕を笑うんじゃない。殺すぞお前ら。

「セイン、今助けるから！」

リサの炎魔法が男の顔面に直撃する。すぐさま僕は後方へと下がり、入れ替わりにネイが空中右ストレートをたたき込んだ。だが、男は微動だにせず拳を額で平然と受け止めている。

「まだまだ！」

ネイは体をひねり太い首に空中回し蹴りを喰らわせた。けれど男の体は岩のように重く動かない。

ちょうどいい、ネイにはこのまま戦ってもらおう。

「ネイ！　そいつをここで足止めしろ！」

「ちょ、セイン!?　ネイを見捨てる気なの!?」

「助けてあげてください！　彼女は私達の大切な仲間なのですよ！」

「お前らは僕がこんなところで死んでもいいのか！　勇者だぞ！　僕は魔王を倒し世界を救う、選ばれし勇者なんだ！」

リサもソアラも黙り込む。当然の反応だ。僕の言っていることは正論なのだから。お前らと僕とではそもそも命の重みが違う。お前らは死んでもいいが、僕だけはどうやっても生き延びなければならないんだ。

「逃げてくれ！　ここはアタシが引き受ける！」

「当然だ。お前はそこそこ顔も体も良かったが、もう飽きたよ、ここで僕の為にしっかり死んでくれ」

「セイ、ン？」

僕は二人を連れて離脱する。

くそっ、こんなところで駒を失うなんて想定外だ。あいつはいずれ捨てるつもりだったが、それは新しい駒を見つけてからだったんだ。いいさ、次はもっと抱き心地が良くて強い女を僕の物にしてやる。できれば他人の女が良いな。人のものを奪うのは最高の快感だ。

「ぎゃぁあああああああっ！」

街を出た瞬間、ネイの悲鳴が聞こえた。

「ううう、ネイ……」

「なんてことを。仲間を見捨てるなんて」

「尊い犠牲さ。落ち込むことはない」

それよりも国王の依頼を達成できなかったことの方が問題だ。

待てよ……本当に問題か？

違うな、これはレベル１５０の敵がいることを教えなかった国の責任だ。むしろ僕は被害者だ。

危うく死ぬところだったんだぞ。おまけに仲間も一人失ってしまった。責められるべきは国であり国王だ。僕じゃない。一度国へ戻り、達成しやすい別の依頼を受け取ろうじゃないか。

「祖国へ戻るよ」

「「……はい」」

僕の伝説はこれから始まるんだ。

◇◇◇

崩れかけた遺跡を出た先は森の中だった。

気温も湿度もフェアリーの村と比べると高い。じっとりとした空気が体にまとわりつき、ただ立っているだけで額から汗が噴き出てくる。どうやらここは南方のようだ。

「どうだ、何か見えたか」

「黒い煙が見えるわ。火事かしら」

空から周囲を探るフラウがとある方向を指さす。

カエデも鼻を少し鳴らした。

「確かに焦げ臭いですね。それに血や肉の焼ける臭いがします。これは……悲鳴でしょうか」

「すぐにそっちに向かうぞ！　フラウ、案内しろ」

「わかったわ！」

フラウを先頭に走り出し、後方からはカエデとパン太が付いてきている。戦闘に備えてここはロー助を出しておくか。

「パン太戻れ、出ろロー助」

「しゃぁ！」

ロー助は即座に戦闘モードへと移行する。

移動速度はパン太よりも格段に速い。なめらかな泳ぎで俺の前へと出た。

「ご主人様、あれ！」

進行方向に男性の死体があった。それもいくつもだ。近くには魔族の死体も転がっている。

「生きている者はいるか!?」

「……いません」

「くっ、急ぐぞ！」

察するにこれはヒューマンを狙った魔族の襲撃だ。

黒煙が上がっているのは恐らく村か街。

俺達はさらに移動速度を上げる。

◇

予想通り街の外壁は破られていた。いくつもの黒煙が昇り、聞こえるのは大勢の悲鳴。

今も襲撃は続いている。まだ間に合う、救える命があるんだ。

「ロー助、目に付く全ての魔族を倒してこい」

「しゃぁ！」

遅れて俺達も街へと入る。

どこもヒューマンの死体だらけで酷《ひど》い有様だ。建物は破壊され、魔族達は集めた金品を片手に笑い合っている。中には死体をなぶり楽しんでいる者もいた。普段は温厚な俺でも、こんな光景を見せられて穏やかな心でいられるはずがない。怒りで頭に血が上る。

「フラワーブリザード！」

「ブレイクハンマー」

凍り付いた魔族をハンマーが粉砕。

目の前には二人の仲間の背中があった。

「ご主人様、生き残った方を救う為に急ぎましょ」

「命令してよ。フラウがまとめてぶっ飛ばすからさ」

おかげで僅かだが冷静さが戻る。

そう、優先順位を間違えてはいけない。俺達がやるべきなのは、生き残った人々を助けることであって、決して怒りに身を任せて暴れることじゃない。

「散開して住人を助けるぞ。カエデは向こうを、フラウはあっちを頼む。俺は中心部から敵を片付けつつ助けて行くつもりだ」

「承知しました」

「分かったわ」

それぞれ別方向に走る。俺はまっすぐ中心部へと向かった。

どこかに指揮をしているリーダーがいるはずだ。そいつを倒せば敵も撤退するに違いない。

「邪魔だ」

襲いかかってくる魔族をすれ違い様に斬り捨てる。どいつもこいつも返り血を浴びていて、好き放題した後のようだった。

俺は街の中心部へと到着する。

そこでは魔族の男が、血まみれの女性を片手でぶら下げていた。

「この程度か。勇者と言うから、期待していたのだががっかりだ」

「うあ……」

「貴様も運が悪い。捨て駒にされるとはな、くくく」

その男は身の丈三メートルを超す大男だった。

太く引き締まった肉体は筋肉が隆起し、木の根のように血管が浮き上がっている。頭部からは二本の角が生えており、凶悪な顔つきと相まって外見は威圧的。

こいつ……かなり強い。

以前に戦った魔族の幹部よりも格段に上だ。

俺は摑まれた女性の顔を見た瞬間、心臓を摑まれたような感覚に陥った。

——ネイ？


セイン率いる白ノ牙の格闘家ネイ。俺の幼なじみで元仲間。昔から自由奔放な奴で、いつも性別なんて意識せず接していた。

男友達みたいな奴なんだが、一時はなぜか距離を置かれていたこともあった。俺が落ち込んだ時は、彼女なりに笑い飛ばして励ましてくれたことをよく覚えている。お荷物だったことを気にしていた俺の訓練にも陰で付き合ってくれた。

リサに告白するか悩んでいる時だって「男なら当たって砕けて来いよ」って言ってくれた。別れは最悪だった。でも俺の中には今も多くの思い出がある。

パーティーのムードメーカーだったあのネイを、ぼろ雑巾のように……。

「ダーム様、威勢の良さそうなのが来ましたぜ」

「あれか、勇者共よりはできそうだな。手始めにお前ら相手してやれ」

「へい」

十人ほどの魔族の兵士が曲刀を抜く。その背後にいるダームと呼ばれた男は、ネイをゴミのように放り捨てた。興味がネイから俺に移ったからだろう。

沸々と怒りと言う名のマグマがわき上がる。

セインはどこへ行った。

なぜネイを一人だけで戦わせた。

どうして助けに来ない。

お前はネイの恋人じゃないのか。

「しねぇ！　ヒューマン！」

取り囲まれた俺は、一斉に切っ先を突き込まれた。

だが、俺は微動だにしない。この手が震えているのは恐怖からではない、どうしようもなく怒りを抑えきれないからだ。

「お、おい、なんで串刺しにできないんだ」

「こいつめちゃくちゃ固いぞ」

「刃が跳ね返される!?」

「ダーム様、こいつおかし——あびゃ？」

魔族の一人を刹那に抜いた大剣で真っ二つにする。

さらに刃を走らせ雑魚魔族をばらばらにする。

お前らに用はない。

俺が始末するべきなのはあいつだ。

「ほう、みたところ１００の壁は突破しているようだな。そして、その腕輪……英雄の称号を授かった人間とみた」

「そう言うお前は魔王の配下か」

「いかにも。六将軍が一人ダームだ」

つまりあの殺した幹部と同列の相手。しかしなぜこんなところに魔族の将軍が。

俺の抱いた疑問に向こうが勝手に答えてくれる。

「なぜ将軍自ら出張っているのか気になるか？　簡単だ、血を見たいんだよ。肉を引き裂き悲鳴で鼓膜を震わせたい。部下ばかりがそのような快楽を享受できるのは、不公平だと思わないか」

「俺に賛同を求めるな」

「おっと、そうだったな。ついうっかりしていた」

ダームは腰から禍々しい斧を引き抜く。

それは全体が赤紫色で、刀身の中央では心臓のようなものがドクンドクンと鼓動を繰り返していた。もしや噂《うわさ》に聞く、聖剣と相反する存在の魔剣か。

合図もなく俺と奴との戦いが開始される。

「ふんぬっ！」

「っつ！」

巨体が猛スピードで飛んできて斧を振るう。

大剣で防げば衝撃波が建物を震わせ砂埃《すなぼこり》を舞い上げた。

こいつ、確実にレベル１００を越えてる。

斬撃と斬撃がぶつかり合い、凄まじい金属音と共に火花が散る。何合重ねたか分からない。至近距離でひたすらに武器をぶつけ合った。

「この俺を相手に一歩も引かぬとは。まさか貴様が本当の勇者か」

「悪いがただの戦士だ」

「それにしては強すぎる――俺はレベル150だぞ」

「数字なんてどうでもいい」

頭は冴《さ》えるが腹の底では怒りが煮えたぎっていた。

ネイをあんな風にした奴を俺は決して許さない。一際強く踏み込んで左腕を斬り飛ばす。血しぶきが舞い腕が宙で回転した。

「こ、いつ！　腕を！」

「将軍だか何だか知らないが隙だらけだ」

憤怒の表情となったダームが斧を振り上げる。

だが、俺はあえて反応しない。すでに合流しているからだ。

「アイスロック！」

ぴしり。奴の右腕が凍り付いた。

「ブレイクハンマー!!」

ずどん。ハンマーが直撃しダームは建物に突っ込んだ。

屋根にふわりと着地するのは、鉄扇を持つカエデ。白い尻尾をゆらりと揺らす。フラウはくるくるとハンマーを回転させてから肩に乗せ、長いツインテールを風になびかせた。

「遅くなりました、ご主人様」

「避難はほとんど終わったわ。あとはここを残すだけよ」

「ありがとう二人とも」

瓦礫《がれき》から姿を現したダームは血を吐き捨てる。

さらに右腕の氷を砕いてみせた。その顔には汗が出ており、戦い初めよりも顔色が悪い。

「仲間がいたか。分が悪いな」

「逃すつもりはないぞ」

「もとより逃げるなんてことはしない。呼応せよ魔装武具」

禍々しい斧から根っこのようなものが腕に潜り込み、肩や腕から棘《とげ》や甲殻が出現する。

あれが魔剣の力か。なんて禍々しくおぞましい。心なしか奴の気配が、一回りほど大きくなった気がした。

「良いことを教えてやる。魔剣は使用者のレベルを一時的に三割も引き上げるのだ。どうだ絶望的だろ、くくく」

元が150だから三割増しは195か。

確かに僅差であれば脅威だったな。

斧を握った右腕がくるくる宙を舞い、傷口から鮮血が勢いよく噴き出す。

「……馬鹿な、なんだその速さは」

俺は一秒にも満たない時間に肩口から右腕を斬り飛ばしていた。

いきなり目の前に現れた敵と、忽然《こつぜん》と消えた腕に、ダームは痛みを感じるよりもまず驚愕《きょうがく》に目を見開く。

グランドシーフと竜騎士の同時使用できる無音剣撃だ。

「言い忘れていたが、俺はレベル３００だ」

「ありえな――」

言い終える前に一刀両断にする。

本当はネイの受けた痛みだけボコボコにしてから殺したかった。

だが、さすがにそれは難しいと判断したのだ。

いくらレベルは上でも技術的なところは埋められない。悔しいがダームの戦闘センスは俺よりも格上。戦闘が上手《うま》い奴は逃げるのも上手い。感情に任せてなぶるより、ひと思いに始末した方がいいと考えた。

剣を鞘《さや》に収めネイの元へ走る。

「ネイ！　ネイ！」

「あ……セイ、ン……」

「こんな時まであいつのことかよ！　しっかりしろ！」

ダメだ、意識が朦朧《もうろう》としていて危険な状態だ。すぐに手当てをしなければ不味《まず》い。おい、こんなところで死ぬなよ。頼むから生きてくれ。

「パン太」

「きゅう！」

パン太を呼び出しネイを乗せる。

円形に大きく広がった白いクッションは彼女を柔らかく受け止めた。

どこか寝かせられる場所へ運び込まないと。

◇

ネイを運び始めてからの記憶はぼんやりとしている。

無人の宿を見つけてベッドに寝かせて、それから止血の為にカエデにスキルを使用してもらいながらハイポーションをなんとか飲ませた……だったと思う。

ハイポーションは非常に優れた回復薬だ。

部位欠損は治せないが、骨折や内臓破裂くらいなら瞬時に修復してくれる。

ただし、あくまでも強引に元の形に戻すだけで、一度傷ついた箇所はダメージが残っていて傷が開きやすい。当然ながら失った血液だって元通りとはならない。

ドアを開けて医者が出てくる。俺に軽く会釈をしてから彼は宿を出た。

診察が終わったらしいので部屋の中へと入る。

「どうだった」

「ハイポーションが効いたようで大事には至らなかったようです。ですが、しばらくは絶対安静だと」

「そうか……」

未《いま》だ眠り続けるネイの顔をのぞき込む。痛みがひいたのか寝顔は落ち着いた様子だ。

あの直視できない酷い状態から、ここまで元通りにするハイポーションには感謝しかない。

「こら、あんた達喧嘩《けんか》しないの！」

「きゅう！」

「しゃっ！」

部屋の中ではパン太とロー助が威嚇し合っている。

ただ、パン太はフラウの背中に隠れながらだが。怖いのなら喧嘩を売らなければ良いのに。先輩眷獣《けんじゅう》としてのプライドがそうさせるのだろうか。俺の登場で二匹は喧嘩を中断した。

「ご主人様、ちょっとこちらへ」

「なんだ？」

カエデが部屋の隅へと俺を誘導する。

雰囲気から内緒の話だと思う。フラウに聞かせられない内容なのだろうか。ほんの一瞬だが逡《しゅん》巡《じゅん》しカエデの元へ。

「実はネイさんを鑑定で見ていて気が付いたのですが……」

「なんだよ、はっきり言ってくれ」

「これからお伝えすることを冷静に、落ち着いて聞いてください」

もったいぶらずはっきり言ってくれ。

カエデは息を吸い込みゆっくりと吐き出した。

「ネイさんは洗脳状態にあります」

「……せ、んのう⁉」

「ステータスに状態異常が出ているんです。魔法か薬品で強制的に思考を誘導している可能性があります」

俺は眠り続けるネイを見ながらも、思考がまとまらなかった。

ネイが、洗脳されている？

誰が？　誰が洗脳した？

脳裏によく知った一人の男がよぎる。

まさか、あり得ない。いくら腐っててもそんなことはしないはずだ。共に育った幼なじみを洗脳だなんて。

だが、もし、もしそうだったら――。

俺はセインを殺すだろう。

◇

俺はじっと待ち続けた。ネイが目覚める時を。

カエデやフラウは並んでうとうとしている。パン太も目を閉じて宙を漂っていた。

「ここは……」

ネイが目を覚ました。俺は駆け寄り声をかける。

「痛いところはないか!?　意識ははっきりしてるか!?」

「……トール?」

「ああ、俺だ。トールだ」

彼女はぼんやりとした目で周りを確認した。それからゆっくり上体を起こす。

「そっか、アタシ捨てられたんだっけ」

「セインにか?」

「そう、あのデカいのに負けそうだったから、アタシが足止めに使われたんだよ。そのまま死ねとか言われてさ」

握りしめた拳が震えた。怒りが殺意へと変わった瞬間だった。

俺の表情を見たネイは困惑していた。

「なんでそんな顔するんだよ。仲間なら捨て石になるくらい当然だろ。そりゃあセインに捨てられたのはショックだったけど、生きてるならまた合流できるじゃん」

「お前は、あいつに洗脳されている」

「………………そっか」

意外な反応だった。てっきり事実を否定されると思っていた。

彼女は苦笑してから悲しそうな色を顔に浮かべる。

もしかすると彼女の中でも引っかかっていたのだろうか。いや、そうあって当然だ。洗脳状態にあったとしても過去の記憶が消えるわけではない。必ず違和感はあるはずなんだ。

俺は椅子を引き寄せ腰を下ろす。

「アタシさ、セインのことが好きなんだ。でもこの感情はどこかおかしくて、思考もどこかおかしくて、おかしいことだらけなんだ。以前は……好きな人を好きでいられたはずなのにさ」

ぽたぽたと、彼女の目から滴がこぼれる。

滴が落ちた右手には今も例の指輪がはめられていた。

衝動的に引き抜いて投げ捨てたくなった。

あのいつも明るく活発なネイを、あいつは泣かせている。洗脳を施したのがセインなのはほぼ確実、親友だった男の正体がクソ野郎だったことは知っていたが、ここまで人間のクズだったとは。

そして、俺も吐き気がするほどの鈍感なクソ野郎だ。

近くにいながら彼女が抱えているものにも気が付かなかったなんて。

「洗脳を解く方法がある」

懐からとある小瓶を取り出す。これは遺跡で見つけた最上級解呪薬。

医者によれば状態異常の洗脳は一種の呪いだそうだ。幸運なことに俺はすでに彼女を救う手段を手に入れていた。

ただし、医者にはこうも言われた。

『思考と感情を取り戻せば必ず反動がある。洗脳中の行為が本来の意思と大きく乖離《かいり》していた場合、精神にのしかかる負担は大きい。場合によっては崩壊の恐れもある』

薬を飲ませるのはリスクが高い、それは分かっている。

けれどどう考えたってこのままにもできない。だから本人に選んでもらうことにした。

「これを飲めば洗脳は解ける。その代わり精神的苦痛がお前を苦しめるだろう。どうするかは任せる。もしこのままでいいなら返してくれ」

「……少し考えさせてくれよ」

小瓶を受け取ったネイは横になり俺に背を向けた。

布団の中で小さく小さく丸くなる。

「隣の部屋にいるからいつでも声をかけてくれ」

俺はそっと部屋を出た。


「ぎゃぁぁあああああああっ!!」

突然の叫び声に目を覚ます。今の声は間違いなくネイのものだ。

部屋を飛び出し隣の部屋へ。

「大丈夫か!?」

「ひぃ、ひぎぃいいいい！　あぐ、うぎぃ！」

ベッドの上で悶《もだ》え苦しむネイがいた。

両手で顔を押さえ背中が弓なりに反る。それからベッドを転げ落ち、うずくまるように身を縮めた。

「ふぎ、うぎぃいいいいい！　えひぃ！」

異様な光景。彼女は床に爪を立ててがりがりと引っ掻《か》く。

体は僅かに震えていた。最初は悲鳴だと思っていたが違った、これは彼女の嗚咽《おえつ》なのだ。

床には空になった小瓶が転がっている。

近くで寝ていたカエデとフラウも目を覚まし、カエデがネイを抱き起こした。

「ネイさん、頑張ってください。私がいますから」

カエデが彼女を包み込み、癒やしの波動を使用する。

精神的苦痛を緩和する力もあるようだ。

ネイの声がだんだんと落ち着きを取り戻し始める。

「トール、アタシをみないで……こんな汚れたアタシを……」

「お前は汚れてなんかいない。俺の中ではずっとネイはネイのままだ」

「ごめんなさい。ごめんなさい。ごめんなさい。アタシ、酷いこと言った、酷いことした、自分の心もトールも裏切って、最低だ、こんなの最低すぎる」

「セインに洗脳されていたんだ、お前の意思じゃない。とにかく今は休め。カエデ、フラウ、席を外すから後は頼む」

部屋を出ようとすると、金属を壁にぶつけたような音が響いた。

たぶん、セインの指輪を外して投げつけたのだろう。

それから叫びにも似た泣く声が聞こえる。

今は俺が近くにいるのは良くないように思えた。

宿を出ると適当な場所で腰を下ろす。レベルが上がって何でもできるような気がしていたが、実際はどうだ、幼なじみを救うこともできない。無力な戦士のままだ。

街は早朝から多くの人がいた。俺はその光景をぼんやりと見つめる。

「人は強いな。あんなことがあったのに」

街は少しずつだが復興を開始していた。

魔族に破壊された建物を大勢の人がトンカチで直している。落ち込んだ表情の者もいるが、なんとか笑顔になろうと努めていた。

ネイにも彼らのような強さを期待したい。

もし無理だと言うのなら一生面倒を見る覚悟はある。

ネイは幼なじみで男友達のような奴だ。すごく良い奴なんだよ。数え切れないくらい世話になって、お荷物だった俺があのパーティーにいられたのはあいつのおかげでもある。何度も俺はあいつの明るさに救われたんだ。

涙が出そうなのを歯を食いしばって耐える。

悲しいのは俺だけじゃない。ここにいるみんなが辛《つら》いんだ。

「戦士のおにいちゃん！」

「あ、ああ、元気か」

見知った子供が集まってくる。慌てて目元を腕で拭った。

恥ずかしいところを見られてしまったな。

俺は街の住人から魔族を倒した戦士として英雄扱いされている。いや、一応ではあるが本物の英雄だったな。おかげで宿も無料で借りられるし、身の回りに必要なものも言えばすぐに用意してもらえた。

本当にこの街の人達には感謝してもしきれない。

「またあれみせてよ」

「しょうがないな」

ナイフを抜いて子供から木材を受け取る。

イメージするのは以前倒したレッドドラゴンだ。速く正確に木材を削り、二、三秒で木像を作った。

子供達がわぁぁぁぁっと盛り上がる。

そこから木材を大量に押しつけられ、あれも作れこれも作れと要求がエスカレートする。

一番人気はロー助とカエデ、二番はパン太とフラウだ。俺はどうやら子供にはあまり人気がないようだな。残念。だが、僅かだが気が紛れた。

子供達を解散させ俺は作業中の男達に声をかける。

「手伝えることはないか」

「あんたは街を救った英雄だ。そんな方に働いてもらうのは申し訳ない」

「気にするな。何かしてないと気が滅入《めい》ってしまいそうでな」

「……それじゃあ森から丸太を運んでもらえないか」

「お安い御用だ」

俺はこの日、ひたすらに復興作業を手伝った。

◇

三日が経過した。

ネイはなんとか俺とまともに会話ができるくらいになっていた。

ただし、記憶を掘り起こすようなことを口に出すと、すぐに謝ってひどく落ち込んでしまう。それでもカエデのスキルのおかげで、少しずつだが快方に向かっているようだった。

「トールは優しいよ」

「何だよ急に」

夕食の席でそう言ったネイは疲れた様子だった。

ここ数日でずいぶんとやつれた気がする。以前のような覇気はなく、俺と目を合わせることもほとんどない。

「こんなアタシを助けようとしてさ。でもその優しさが辛いんだ」

「はぁぁ、言っとくけどな、それは俺も同じだったんだぞ？」

「え？」

「お荷物だった俺を、お前は見放さずに残留させてくれただろ。その期待や優しさは俺にとって重かったんだ」

彼女は俺の目を見て、きょとんとした顔をする。

なんだよその表情は。

変なことを言ってる気分になるだろ。

「ぶふっ、そっか、そうだったな。トールは必死で頑張ってたもんな。ある意味ではアタシと同じか」

「そうだよ、だから乗り越えてくれ」

ネイは苦笑しながらフォークを置いた。

「アタシさ、村に戻ろうかと思ってるんだ」

「冒険者は引退するのか」

「うん。もう心が折れたよ。冒険とか、ときめきとか、人生とかに疲れたんだ。父さんや母さんのいる田舎で静かに暮らしたい」

人生に疲れた――その言葉を聞いて俺は嫌な予感を抱いた。

妙に心がざわつくというのか、虫の知らせのような何かが俺に警告を伝えている気がしたのだ。

彼女との付き合いは長いが、いつもとは違うほんの些細《ささい》な違和感があった。

まさか自ら命を絶つなんてことをしないよな。

ようやくセインの呪縛から解放したのに終わりなんてやめてくれ。

「せめて最後に最高の思い出だけもらえないか」

俺の手に手を優しく重ねる。

その瞬間、確信した。

こいつ村に戻ると言ってどこかで死ぬつもりだ。

「来い！」

「え!?　うわっ!?」

強引に手を掴んで宿を出る。

そのまま街の奴隷商の元へと突き出した。

「この女に主従契約を刻んでくれ」

「ふぁ!?」

ご希望通り村には帰してやる。

だが、俺の奴隷としてだ。自ら命を絶つなんてことさせないからな。お前はこれから一生、俺の命令を守りながら生きるんだ。

この数日、何度許してもお前はそれを受け入れなかった。

罪もないのに罰を欲しがっているように思えた。

だから俺は与えてやることにしたんだ。

もしかしたらお前は俺をひどい奴だと憎むかもしれない。けど、それでいい、お前が生きてくれるなら生涯それを抱えて生きてやる。

お前はこの先、寿命を全うするまで生き続けるんだ。


主従契約は奴隷でなくとも、双方に了解があれば刻むことができる。

優先度の高い命令は主人が撤回しない限り、自力での変更はできない……と奴隷商は伝えた。

「一応決まりで洗脳状態じゃないか確認させてもらうよ」

「分かった」

奴隷商である中年男性はネイに頭から液体を遠慮なくぶっかけた。

聞くところによれば、洗脳状態を確認する薬があるそうだ。体にかけると反応して薄くピンクに光るとかなんとか。

ネイの体は光らなかった。

「希《まれ》にいるんだよ、洗脳してから契約させようとする輩《やから》が。ウチはあこぎな商売だが、その分決まりはきっちり守る。おかしな契約なんてすれば、同罪でしょっぴかれちまうからね」

「その、洗脳というのは簡単にできる物なのか」

「状態異常が出るくらい短期間で洗脳する方法は限られてる。一つ目は禁忌指定されている催眠魔法、二つ目は洗脳薬でこっちも禁忌指定されている。三つ目はスキルの誘惑の魔眼だね」

ネイが「くしゅん」とくしゃみをするので、フード付きマントを取り出してかけてやる。

悪いがもう少しだけそのままでいてもらいたい。

彼から聞く話は非常に重要だ。

「魔法と薬はどこの国も取り締まりが厳しいから、裏ルートでも使わない限りまず入手できない。残るは誘惑の魔眼だが、こっちは発現するのは極めて希でね、複数の条件はあるがクリアすると簡単に異性を支配することができる」

「もし所持していたらどうなる」

「間違いなく牢獄《ろうごく》行きか処刑だろうね。昔、スキルを持っていた奴が好き放題したことがあって、それ以来所持者は漏れなく重罪人扱いになってる」

総合的に判断すると、セインが持っているのはスキルだ。

もし魔法や薬なら俺も同じように洗脳されていただろう。第一、そのようなものを使用している、所持しているところを見たことがない。

もう一点、あいつが異様に喜んでいた時期があった。

勇者のジョブを発現する以前だ。あれは誘惑の魔眼を発現して浮かれていたのだろう。

あくまでも全て憶測にすぎない。俺はあいつのステータスを見たことがあるが、そのようなスキルはなかったように思う。

「ネイにかけた薬をいくつか売ってくれないか」

「そりゃあ構わないが。安くないよ」

五本ほど薬を購入し懐へ入れた。

これでリサとソアラが洗脳状態か確認できる。

カエデは鑑定があるが、俺には相手のステータスをのぞき見ることはできない。それにステータスに出なくとも洗脳状態である可能性だって無いとは言い切れない。

「なぁ、本当に主従契約を刻むのか」

「いやなのか。本気で断るなら無理強いはしないが……その代わり、絶対に命を絶たないと約束しろ」

「約束は、できないかな。たぶんアタシこのままだと終わりそうなんだ」

「だったら！」

「違うんだ。こんな嬉《うれ》しいことがあっていいのかなって思っただけなんだよ。アタシ、トールのこと裏切ったのに」

はぁ？　なに言ってんだこいつ？

頭にダメージが残ってるのか？

ネイはフードを深くかぶって身を小さくする。

「こんなのさ、ただのご褒美だよ」

「医者に頭も見てもらうか」

「おま、相変わらず鈍感だな！」

どすっ、ネイの拳が腹部に当たる。

よく分からんが契約を拒絶しているわけではないらしい。

再確認として奴隷商に質問する。

「契約で精神的影響はあるのか」

「ないですな」

「契約を結ぶと奴隷扱いになることも」

「ないですな。基本、首輪をしていない者は奴隷として扱わない決まりがあります。逆に言えば、契約を結んでいなくとも首輪があればそれは奴隷なんですよ。しかしまぁ、普通はセットなのでこういうのは例外中の例外ですな」

うーむ、思わぬ形でカエデが、何の影響も受けていないことを知ってしまった。

あの好意はそのままの彼女の気持ちのようだ。

少し顔が合わせづらくなった気がする。

「では始めます」

こうして――ネイの主従契約は無事に終わった。

◇

あの戦いから一ヶ月が経過した。

街の大部分は復興し、店はどこも賑《にぎ》わいを見せている。

時々『漫遊旅団お墨付き』などと書かれた看板を見かけ、恥ずかしさに目を背けたりしていた。

さらに恥ずかしいのが漫遊旅団の石像だ。

一度は断ったのだが、住人の熱意に押されつい許可を出してしまった。あっと言う間に石像は街の中心部に設置され、すでに街のシンボルと化している。ちなみに石像は俺を中心に、左右にカエデとフラウが並んでいる。

作成時にフラウが注文を付けて胸を大きくした以外は、おおむね同じと言えた。

はぁぁ、目立つのはいやなのだが。仕方がない。

「ここまででいいよ」

リュックを背負ったネイが振り返る。

まだ表情には暗さがあるが、洗脳を解いたばかりの頃と比べると幾分明るくなった。

あえてどのようなことをされたのかは聞いていない。それは彼女にとって一番残酷な拷問だからだ。

もしかしたら死を許すべきなのかもしれない。

けど、共に育った仲間をみすみす死なせる勇気は俺にはなかった。どうあってでもいい、生きていて欲しい。

彼女への最初で最後になるだろう命令は『生きろ』だ。

「村まで送っていくって言ってるだろ」

「いいって。一人の方が気が楽だし」

「もう一度聞くが、俺達の仲間にならないか。お前の辛さは分からないが、一緒にいれば救われることだってあるだろ」

「よしてくれよ。もう村に帰るって決めたんだからさ、それにアタシはあんたの隣に立つ資格はないよ」

ネイはカエデを見つめる。

二人は数秒見つめ合い互いにお辞儀した。

「こいつを頼むよ。がさつで鈍感だけど優しい奴なんだ」

「知ってます」

「それとこいつおっぱい大好きだから」

「おい」

余計なことを言うな。俺の可愛《かわい》いカエデに悪影響だろ。

……まぁ、否定はしないが。

会話を聞いていたフラウが俺に飛びついてきて「おっぱいなんて脂肪の塊よ、目を覚まして主《あるじ》様《さま》！」と説得してくる。

分かった、分かったから放してくれ。

「じゃあせめてアルマンまで送らせてくれ。そこからなら知り合いの運送会社に、村まで安全に送ってもらえる」

「それくらいなら……いいか」

このままさようなら、はさすがにどうかと思う。

回復薬で傷は癒えたとは言え、まだまだ無理はできない。

それに、もう少し話をしたかった。

「よーやくフラウの出番ね！」

「……？」

頭の中に疑問符が浮かぶ。

ここからフラウが役立つことなんかあったか。

「フェアリー族の鱗粉《りんぷん》があるじゃない。空を飛んでいけばアルマンまで一日で戻れるわよ」

「ああっ！　そういえば！」

「主様……忘れてたのね」

そっかそっか、空を飛べば移動も速いのか。

転移の魔法陣も使うことを考えたんだが、あれは面倒なフェアリーの里に繋《つな》がっていて通りたくなかったんだ。

しかし、空を飛ぶのかぁ……楽しみだな。

フラウが俺達の真上で円を描くように回転する。体に妖精の粉が降りかかり、ふわりと足が浮き上がった。初めての感覚に猛烈に感動した。

「おおおおおっ！　浮いてる！」

「どう、フラウは自慢の奴隷でしょ」

「お前は最高だ！　本当に仲間にできて良かったよ！」

「ふ、ふん、すごく顔が熱いわ」

すすす。なぜかカエデが俺に近づいて身を寄せる。

「ご主人様を飛ばすことはできませんが、いつどんな時でもどのような要求にも応え、最高に癒やしてみせます！」

「お、おう……」

なんだ、急にどうした。なぜいきなり有能さをアピールしてくる。

どすっ、いきなりネイに腹パンされる。

「いちゃいちゃすんな！　アルマンまで送ってくれるんだろ！」

「そうだったな。よし、行くぞ」

俺を先頭に後方からカエデ、ネイが追いかけ、フラウはパン太に乗って最後尾から付いてくる。

妖精の粉があればパン太も高い位置で飛行できるようだ。

そのままアルマンへと一直線に向かった。

◇

「今度こそお別れだな」

「ああ」

ネイの背後では、ジョナサンの幌《ほろ》馬車が出発を待っていた。

ここから数日かけて彼女は生まれ育った村へと帰還する。

戻って何をするのかはまだ決めていないようだが、とりあえず両親の仕事を手伝うらしい。

ネイの家は夫婦仲も良いし兄弟も多く、彼女を可愛がっているから、きっと温かく迎えてくれるだろう。

彼女は近づいて俺の服を握った。見上げる目には涙が溜《た》められている。

「ソアラを助けてあげてくれ。アタシはあいつの興味が薄かったおかげで、まだ扱いがマシだったけど、ソアラはかなりひどい状態だ」

「リサは？」

ネイは視線を逸《そ》らして黙り込む。

それで察した。ソアラはまだ救える位置にいるがリサはもう。

「トールはまだリサを好きなのか」

「分からない。以前ははっきりとそう言えたが、この頃自分の気持ちがどこにあるのか見えなくなっている。たぶん、あの時、彼女を諦めたからなんだろうな」

「その方がいい。きっとトールは……酷く傷つくから」

傷つく、か。たぶんそうなるんだろうな。

それでも事実を知った今、目を背けることはできない。何が本当で何が嘘《うそ》だったのかを知る必要がある。

彼女ははっきりと俺の目を見て言葉を続けた。

「セインに報いを受けさせてくれ。たぶん、できるのはトール達だけだ」

「言われなくともそのつもりだ。元親友としてけじめだけはきっちりつける」

「頼む。向こうの動きは伝えた通りだから」

ネイは俺に抱きついて顔を埋《うず》める。

しばらく鼻を啜《すす》る音が聞こえ、唐突に走り出し馬車に飛び乗った。

振り返った彼女はいつもの笑顔だった。

「またなトール！」

「ああ！　また会おう！」

互いに見えなくなるまで手を振り続けた。

第二章 エルフの里へ行く戦士

ネイと別れた後、俺達《たち》は再びグリジットへと入った。

まさか一気にノーザスタルまで飛ばされるとは思っていなかった。元々の予定はグリジットのとある村に行く予定だったのだ。そこから首都を目指す計画だったのだが、フェアリーの隠れ里へ寄ったおかげで大きく寄り道をした形となった。

ただ、今は寄り道して良かったと心の底から思っている。

俺達は予定通り村を経由してグリジットの首都を目指すことにした。

ネイが言うには、バルセイユに戻ってもセイン達とは入れ違いになるだろうとのことだった。それよりも首都で待ち伏せをする方が確実だと教えられたのだ。円卓会議に参加する為《ため》、とネイは言っていたが、それについてはいまいちよく分からなかった。

セインを捕まえられればどうだっていい、そう言うとネイは「ほんと馬鹿だよな」と呆《あき》れた表情を浮かべていた。馬鹿で悪かったな。知らないものは知らん。

そして、俺達は普段の落ち着きを取り戻しつつ、首都に向かって歩みを進めていた。

「がるるるるっ！」

「昨日の宿の飯は美味《うま》かったなぁ。内臓を食べるって抵抗があったけど、食べてみるとクセがなくて濃厚だった」

「店主さんがお勧めしてくれただけありましたね」

「フラウは苦手だわ。もっとさっぱりしたものの方が良かった」

三人で和気藹々《わきあいあい》と言葉を交わす。

「がるるるっ！　がうっがうっ！」

「ところでフラウのステータスって見たことがなかったな」

「それよ、それ。主様《あるじさま》は自分が強いからって、仲間の力を気にしなさすぎなの。もっとこう頼ってよ、奴隷がいないとダメな体になるくらい」

「そこは私も同意ですね。ご主人様はなんでも自分でしようとする傾向がありますから、もう少しべったり依存していただかないと」

「それって少しじゃないよな」

そろそろ邪魔になってきたので、頭に牙を立てようとする虎を引き剥がす。

首根っこを摑《つか》んで持ち上げれば「ごろごろ」と態度を急変させ、露骨に媚《こ》びを売るように喉を鳴らし始めた。最初に嚙《か》みついた時点で敵《かな》わないと気が付け。

たまにいるんだよ、魔物でも野生の勘がやけに鈍い奴《やつ》。

虎の皮っていくらしたんだっけ――そんなことを考えたところで、虎はぶるぶる震え始めた。

「冗談だ、ほらもう来んなよ」

「がうっ」

投げ捨てた虎は、振り返りもせず猛ダッシュで逃げて行った。

直後にリュックから、もそっとパン太が顔を出す。

サイズ的に一番絡まれやすいのがこいつだ。面倒だったので隠れていたのだろう。

「はい、これ」

「ん？」

「フラウのステータスよ」

ああ、そんな話をしてたな。

【ステータス】
Lv：190
名前：フラウ
年齢：28歳
性別：女
種族：フェアリー
ジョブ：鍛冶師・巫女《みこ》（奴隷）
スキル：攻撃力増大Lv6・俊敏力増大Lv8・看破Lv4・成長の祈りLv10

これ、結構ヤバいな。能力上昇系の上位があるじゃないか。

しかも看破って言えば、隠蔽や偽装を剥がすレアスキルだし。

この成長の祈りってのは何だろう。

「成長の祈りは植物に効果のあるスキルよ。その名の通り成長を早めて、作物の収穫時期を早めたりするの」

「へぇ、あれ、お前鍛冶師なのか」

「そうよ。だってウチ、鍛冶師の家系だもの」

あー、どうりでハンマーを武器にしてるわけだ。だとすると父親のパパウは武具を作れたりするのか。次会ったらら質の良いナイフでも作ってもらうか。

「あのね主様、もっと見るべきところがあるでしょ」

「どこだ。もしかして年齢か？」

「レベルよ！　この前の戦いですっごく上がったんだから！」

「なるほど、さすがはフラウさん」

「やめてください。おねがいします」

どうやら前回の戦いでフラウはＬｖ１３０↓１９０にまで上がったそうだ。

そりゃあ、大量に魔族をぶっ倒していれば上がるよな。

カエデもＬｖ２６０まで到達していて、もう間もなく俺と並ぶ。

で、肝心の俺だが経験値貯蓄に吸われて３００のままだ。いくら経験値が倍増していても、大半を吸収されたらなかなか上がらない。

やっぱり寄生虫みたいなスキルだよな。

《報告：魔力貯蓄・スキル経験値貯蓄が修復完了しました》

半透明な窓が開き文字が表示された。

そろそろだと思っていたが、少し遅かったかな。

これでまた寄生スキルが色々吸い上げるのだろう。

はぁぁぁ。辛《つら》い。

◇

深く入り組んだ山々の中にその村はあった。

街から遠く離れ、人々は昔ながらの生活を続けている。

シャワーなんてものは当然無く、便利なアイテムもなければ、魔法使いもほとんどいない、薪で水を沸かすような手間のかかることを毎日行っている古くさい村だ。

実はこの村こそグリジットが誇る、指折りの観光スポットなのである。

その証拠に、村には複数の宿が建ち並び、大勢の旅人で賑《にぎ》わっている。店先には土産として売っている木彫りのクマやイノシシが。食事処《どころ》では『パッタン村名物おっぱいパン』などと書かれた張り紙がされている。

もしかしてこの村は巨乳が多いのだろうか。

しかし、そんな噂《うわさ》を聞いたことはない。もし聞いていれば俺が忘れるはずないのだ。

「ねぇねぇ、これ美味《おい》しいわよ」

「むぐっ!?」

フラウにいきなり白い何かを口に突っ込まれる。噛んでみると口の中で甘さが広がった。

一方の彼女も白いパンのようなものをもぐもぐしている。

「あむっ、これは？」

「そこで売ってたのよ」

「……おっぱい饅頭《まんじゅう》？」

またもやおっぱい。この村はやけにおっぱいを推す。念の為に周囲の女性の胸を確認したが、平均的なサイズでこれといって目をひく感じではなかった。

ふとフラウの胸に目が行きすぐに逸《そ》らす。

おっぱい饅頭だが、表面の生地がふわふわしていて美味い。半分に分けてカエデに渡した。

「むふぅ、おまんじゅう懐かしいです」

よほど嬉《うれ》しいのか、カエデの白いふわふわの尻尾がゆらゆら揺れる。パン太が反応して尻尾を追いかけていた。

「カエデの故郷にもあったのか」

「はい。大婆様《おおばばさま》がお母様に内緒で、よく食べさせてくれました」

「大婆様？」

「えっと、私のお母様のお母様のお母様の――」

彼女は指を折りながら数える。十を超えた辺りで理解できないことを理解して止《や》めさせた。つまりカエデのご先祖様なんだな。

しかし、ビースト族ってそんなに長生きだったか？

それともその大婆様が別格だと？

今さらながらカエデの奴隷になった経緯が気になり始める。なんだかんだ聞きそびれてきたのだ。

さすがにそろそろ主人として知っておかないと不味《まず》いだろ。

「主様、見て！　あれ！」

「うぎっ」

フラウに頭を摑まれ強引に前に向けられる。

いま、ぐきっていったぞ。奴隷なら主人にはもっと優しくしろ。

通りに目を向ければ牛の前に人だかりができていた。

「パッタン村名物極上ミルクだよ！　一杯五百、さぁ並んだ並んだ！」

店主が鍋からカップにミルクを注いで客に渡す。

ごくごくごくっ、ぷはぁ。客達は口に白髭《しろひげ》を作って満足そうな顔だ。

おっぱいいって牛のおっぱいだったのか。てっきりすごい巨乳がいるのかと思い込んでいた。

「ご主人様、アレ飲んでみましょ」

「フラウも飲みたい！　パン太もそう思うわよね！」

「きゅう！」

「わかった、わかったから引っ張るな」

二人と一匹に強引に引っ張られて列に並ぶ。新鮮なのは間違いないだろう。店主の真横では少年が懸命に乳を搾っていた。ここからでも濃厚なミルクの香りが感じられ、我慢できずにごくりと喉を鳴らしてしまう。

カップを受け取り全員で飲む。

「むむむ!?　このコクと甘味!?」

「ふはぁ～、おいしい～」

「やるじゃない。このフラウを唸《うな》らせるなんて」

「きゅう～！」

もう一杯、そう言おうとカップを店主に差し出す。

ぱき。

もしかして強く握りすぎてヒビでも入ったか？

カップをくまなく確認する。だが、それらしい箇所は見つからなかった。

ぱき、ぱきぱきぱき。

違う。この音は俺の中から響いている。

まさか最後の貯蓄系が――。

《報告：スキル貯蓄のＬｖが上限に達しましたのでランクアップとなって支払われます》
《報告：スキル効果ＵＰの効果によって支払いがランクアップとなりました》
《報告：スキル貯蓄が破損しました。修復にしばらくかかります》

《報告：スキル経験値倍加・全体を取得しました》
《報告：竜眼を取得しました》
《報告：使役メガブーストを取得しました》
《報告：ジョブコピーを取得しました》
《報告：超万能キーを取得しました》

ひぇぇ、聞いたこともないスキルが一気に。

と、とりあえず確認しておくか。

まずは竜眼から——お、竜眼って、もしかして竜騎士が取得する模擬竜眼の上のスキルか。

模擬竜眼は隠れた存在である、ゴーストや精霊などを視認することができるという。それのさらに上となればより詳細に捉えることができるのではないだろうか。

ちゃんと見れば俺の知っているスキルと似たものもある。

よし、これならなんとか効果を予想できそうだぞ。

使役メガブーストは、恐らくテイムマスターで取得できるスキルだ。テイムした魔物を強化するのだろう。

ただ、使役ブーストは聞いたことがあるが、メガはない。

ジョブコピーは模倣師のスキルなのだろうが、やはり名称通り相手のジョブを模倣するのだろうか。だとすると模倣師というのはそのままの意味のジョブ？　ずっと後回しにしていたが、一度使って確認してみるべきだな。

超万能キーも初めて聞くスキルだ。

グランドシーフが『特殊キー』なる、解錠スキルを有していたのをどこかで聞いたことがある。もしこれがその上位ならなんでも開けられるのだろうか。

また一つ人外へと踏み出した気がする。

「どうされましたか。ぼーっとされてますが」

「また貯蓄系が壊れて能力が増えた」

「やりましたねご主人様。おめでとうございます！」

「お、おお、ありがとう」

嬉しそうに抱きついてくるカエデに苦笑する。

いつだって俺の可愛《かわい》い奴隷は受け入れて喜んでくれる。嬉しいことなのだが、なんだか照れくさくて直視できない。

「また強くなったの？　にしては変わらないけど？」

フラウが俺の周りをくるくる回りながら観察する。

なんとなく頭を撫《な》でてやると、フラウは固まってすぐにかぁぁと顔を真っ赤にした。

「ふ、不意打ちは反則なんだから」

「じゃあ止めておくか」

「いやっ！　もっと撫でて！」

「どっちだよ」

手の平に頭をぐりぐり押しつけてくる。さらに羽をぱたぱたさせ、見るからにご機嫌である。

とんとん。誰かに肩を叩《たた》かれた。

「にいちゃん、そろそろあれのお代払ってもらえるかな」

「きゅ〜、げふっ」

目を離している隙に、パン太が鍋のミルクを全て飲んだようだ。

本人はお腹《なか》を膨らませて満足そうに空中を漂っていた。

俺は店主と並んでいた客に謝罪した。


「ご主人様、見てください！　あれが噂のクロイエスの塔ですよ！」

「うわぁ！　ここからでも大《お》っきいわね！」

「きゅう」

村にある展望台から景色を一望する。

複数の山々に囲まれた森林、その中央には荘厳な巨塔がそびえ立っていた。

クロイエスの塔――古代種の遺跡の一つだ。

用途不明、建造方法も建造理由も不明、その上内部の構造も不明。

その理由は単純で、塔のある一帯はエルフの支配圏なのだ。ヒューマンは塔に近づくことができず、こうして遠くから見物するしかできない。

とは言えここからでも見応えは充分、むしろ遠目の方が塔の素晴らしさが映えていた。

塔の外観は大変美しい。白を基調としていて黄金の装飾が施されている。最上部には宝石らしき赤い石が眩《まばゆ》く光を反射していた。厳かでそれでいて幻想的な建造物である。

レベルの高い俺達には望遠鏡を用いらずともよく見えていた。

「この村が観光名所になる理由が分かりました」

「そうだな」

「ほんと、近くで見ると山みたいだけど、遠くからだとすごく綺麗《きれい》ね」

「そうだ――ん？　山？」

フラウの発言に首をひねる。強い違和感を抱いたのだ。

その言い方だと目の前で見たことがあるようだぞ。

「……何その顔」

「間近で見たことがあるのか？」

「前に言ったでしょ。フェアリー族はエルフと仲が良いって」

「あー」

里で聞いた気がするな。完全に忘れてたよ。

てことは、フラウがエルフとの橋渡しをしてくれれば、もっと近くであの塔を見られるのか。それどころか中も見させてもらえたりして。

間違いなく貴重な体験だ。今を逃したらもうこんな機会は訪れないかもしれない。

「なぁ、エルフに見せてくれってお願いできるか」

「うーん、あの人達って結構頑固だからなぁ、上手《うま》く説得できれば里に入れてもらえるだろうけど……そんなにあの塔を近くで見たい？」

「見たい」

フラウがニマァと笑う。

嫌な予感がするな。我《わ》が儘《まま》でも言うつもりか。

「フラウもレベル２００になりたいの。主様、協力して」

「その程度で良いのか」

「これは偉大なる種族に仕える者としてのプライドよ。カエデに追いつき、少しでも主様の役に立つの。『あのフェアリー胸も実力もつるぺたじゃん』なんて後ろ指を指されない為にも、フラウはここで急成長を遂げるわ」

くわっ、と大きく目を見開く。鬼気迫るオーラに気圧《けお》されてしまう。

胸も実力もつるぺたってどんな意味だろう。とにかく胸の大きさを気にしているのだけは理解できる。

「じゃあ里に着くまでの道中、フラウのレベルアップを優先しよう」

「やたっ、目指せレベル２００！　ブイッ!!」

嬉しそうにピースする。

空中をふわふわ飛ぶ度に黄緑色のツインテールが揺れていた。

塔もあれだがエルフの里も大変興味深い。普段接することのない種族との交流、これは冒険を愛する者として非常にそそられる。それにエルフは漏れなく見目麗しいと聞く。やっぱり男として気になるよな。

ぎゅっ、とカエデが俺の腕を抱きしめる。

「ご主人様には私がいますからね」

「お前が考えてるようなことはしないさ」

「そ、そうでしたね」

彼女は顔を真っ赤にして上目遣いで俺を見る。

すりすり。尻尾が俺の足に匂いを付けるように擦《こす》り付けられていた。どうやら無意識で行っている行動のようだ。彼女の頬を空いている手で撫でてやれば、目を閉じて気持ち良さそうに自ら頬を擦り付けてきた。すべすべして気持ち良い肌だ。

頭を撫でてやると、狐耳《きつねみみ》を垂れさせて幸せそうな表情をする。

「あるじさまー、もういくよー」

「悪い！」

フラウに声をかけられた俺達は急いで合流した。

◇

どがんっ。めきめき。

フラウのハンマーが振り下ろされ、レッドベアがすさまじい勢いで弾《はじ》き飛ばされる。

そこから木を縫うようにして高速飛行、ゴブリンとオークの群れを瞬く間に蹴散らし、最後に残ったグリフォンを地面にめり込ませた。

「レベル２２０達成!!」

ハンマーを掲げてフラウが叫ぶ。

ここまでずっと見てきたが、まるで小さな嵐だ。目に付いた敵を片っ端から倒すので、死体から素材を集めるだけで一苦労。

狩りすぎじゃないかと心配になるほどのハイペースだった。

「満足したか」

「もちろん。これで足手まといにはならないわ」

足手まとい……フラウの焦る気持ちは痛いほど分かるよ。

俺もちょっと前までそうならないように毎日必死だったからさ。こうして考えると、俺も、カエデも、フラウも幸運だったんだな。運が重なり繫《つな》がりあって三人はここにいるんだ。

「!?」

びぃぃぃん。

どこからか矢が飛んできて木に突き刺さった。

「ここはお前達の踏み込める場所ではない。すぐに帰れヒューマン」

高い位置から着地したのはエルフの女性だった。

白い肌と風になびく黒のストレートヘアー、作り物のような端整な顔立ちにエルフ特有の長い耳。

ぎりりり。彼女は弓を構えたまま鋭い視線を向ける。

「もう一度だけ警告する。ここはお前達の踏み込める場所ではない。すぐに帰れ」

エルフ女性は殺気を放ち始める。

警告を拒否すれば殺す。無言の言葉が伝わってきた。

「アリューシャ！　待って待って、攻撃しないで！」

「お前はフェアリーのフラウ？　なぜヒューマンと一緒にいる」

俺とエルフの間にフラウが入る。

どうやら顔見知りのようだ。よし、ここは彼女に任せてみよう。

「あのね、フラウはこの方の奴隷なの」

「なっ!?　野蛮な外界人め。エルフを攫《さら》っては奴隷にするだけでは飽き足らず、とうとう小さくて可愛らしくて、なでなでしたら心がほわほわするフェアリーにまで手を出すとは。許さん」

「ちょっと、可愛らしいって恥ずかしいじゃない！　えへっ」

うん…………フラウでは止められない気がしてきた。

まったくもってこの状況を解決できそうな雰囲気がない。むしろ余計に怒らせてないか。エルフの目つきが心なしかより鋭くなったような。

「殺す！」

「あ」

矢が放たれる。

だが、即座に傍《そば》で控えていたカエデが鉄扇でたたき落とす。

アリューシャは顔を歪《ゆが》め舌打ちした。

「ビーストの奴隷で攻撃を防ぐとは。卑怯《ひきょう》者《もの》め。堂々とこのアリューシャの矢を受けて死ね！」

「呆れました。実力の違いも見抜けないなんて」

「愚弄する奴は殺す。主人共々死ぬがいい」

高位の弓使いなのだろう、次々に矢をつがえ放つ。早業とも言うべき卓越した技術と正確な狙いは、息もできないほどの間隔でカエデを襲った。

「魔法を使うまでもありません」

二本の鉄扇を舞うように振るい、矢をたたき落として行く。

三十本目を防いだところで相手の矢が尽き、カエデはスカートを翻して鉄扇を華麗に構えた。

アリューシャは冷や汗を流し後ずさりをする。

「わたしの矢を全て防ぐなんて……信じられん」

「この程度で驚かれては困ります。ご主人様に矢を向けた報いを――」

俺はカエデの肩に手を乗せて止めた。

「アリューシャとか言ったな。俺達は戦うつもりはないんだ」

「ふん、弓が通用しなかったくらいでいい気になるな。エルフには精霊魔法があるのだ。今度こそこの地へやってきたことを後悔させてやろう」

「話を聞いてくれ」

アリューシャの周囲に風が発生する。

あれこそが詠唱も魔力も必要としない精霊による魔法行使。エルフでも限られた者しか使えないと聞くが、彼女は弓だけでなく精霊魔法の使い手でもあったのか。

「風の精霊よ、あの男を切り裂け！」

すぐさま竜眼を使用する。視界に今まで見えなかったものがはっきりと映り込んだ。

アリューシャの真横に漂う半透明な鳥。その目ははっきりと俺を捉え、魔法を使う為にその場で大きく羽ばたいた。

通常、ゴーストや精霊に物理攻撃は効かない。だがしかし、竜眼ではっきり捉えた今なら斬ることだってできるはずだ。

すらりと背中の大剣を抜いて地面を蹴る。

瞬時に駆け抜け、風の精霊を剣の腹でぶっ叩いた。

精霊は空の彼方《かなた》へと飛んで消える。

「さぁ、風の精霊よ！　風の精霊！　かぜのせいれいさん――？」

アリューシャは精霊が消えたことも分からず、何度も命令を下している。しかも俺が背後に移動したことすら気づいていない。

「精霊ならもういないぞ」

「うひゃぁ!?　いつからそこに！？？」

尻餅をついて器用に後ろに下がる。

背中を木にぶつけると、青ざめた顔でだらだら汗を流し始めた。

先ほどまでの凜々《りり》しいエルフはどこにもいない。

「せ、せせせ、せいれいがいなくなったなんて、うそだ」

「魔法は消えただろ？」

「うぐ」

「頼むから話を聞いてくれないか」

「うぐぐ」

表情が変わり泣きそうな顔になる。

だんだん可哀想《かわいそう》になってきた。もう塔は諦めて帰るべきだろうか。

「どう、分かったアリューシャ。フラウの主様は、強くて格好良くて最高なのよ。さっさと謝って里に入れなさい」

「しかし……」

「じゃあこうしましょ。長《おさ》の孫として正式に訪問をするわ。エルフの里で起きたことは全てフェアリーの里が責任を取る」

「くっ、正式な訪問ならば断れないいな」

アリューシャは立ち上がって「長と話をしてくる」と森の奥へと戻って行った。

最初からそれを言っていれば、と思ったがすぐに飲み込んだ。

全責任を負うなんて簡単にできることじゃない。問題を起こしたらフェアリーの長が責められてしまうのだ。

入れたとしても、塔を見たらさっさと帰るとしよう。

◇

フラウの申し出は受け入れられ、俺達は里に招き入れられることとなった。

だが、四方八方から飛んでくる殺気の籠もった視線は、非常に居心地が悪い。すれ違うエルフ達は嫌悪感を露《あら》わにしている。

その反面、エルフの里は素晴らしいものだった。

遺跡を利用して暮らしているのか、石造りの建物が並び家々の間には橋が架けられて繋がっている。豊かな大樹の枝が街の上を覆い隠し、木漏れ日が差し込んでいた。いつまでもいたくなる空気を醸し出している。

「決して変なことはするな。くれぐれも言動には注意しろ」

「わかってるって。塔を見たらすぐに帰るよ」

先導するアリューシャは何度も警告する。

エルフの里にヒューマンを招き入れるのは百年ぶりだそうだ。前回は勇者一行だったらしく、その時もかなり揉《も》めたらしい。

「ヒューマンなんか帰れ！」

「そうだそうだ」

子供達が帰れと連呼する。見ている大人達も止めようとしない。

エルフとヒューマンの関係は、俺が考えているよりも険悪なようだ。

「ご主人様、いっそのこと龍人であることを明かしてみては？」

「それはできればしたくないな。エルフがフェアリーと同じ反応をするかは分からんが、また猛烈な勢いで引き留められるのは御免だ。第一俺は目立つのは苦手なんだよ」

俺は塔を見たいだけなんだ。無駄に種族をひけらかす必要はないだろ。

それに俺はまだ気持ちの上ではヒューマンなんだよ。

――フラウが地面を踏みつけ衝撃で揺らす。

ぴたりとエルフの騒がしさは消えた。

それどころか大部分の大人の顔が青ざめている。

「フェアリー族に喧嘩《けんか》を売ってるの？　こっちが全責任を負うってことは、相応の扱いを受けることを前提にしてるの。まさかあんた達……フェアリーにこてんぱんにやられたこと忘れてないでしょうね」

え、フェアリーってそんなに強いのか。

確かに飛行速度や小回りの良さは相当だが。そういえばフェアリーは魔法耐性が強いと聞いたことがあったな。それに小柄で弓では狙いにくい。エルフにとっては敵に回したくない種族なのかもしれない。

「フラウ、あまり里の者達を脅さないでやってくれ」

「でもアリューシャ。これは許せないことよ、主様に暴言を吐くなんて」

「その通りだな。里の者が大変失礼なことをした。お詫《わ》びに後で精一杯のもてなしをさせてもらう」

「別に気にしてないんだが……」

「ふっ、さすがはわたしを倒した男だな。ヒューマンにしておくには勿体《もったい》ない」

初めてアリューシャが微笑《ほほえ》んだ。

こう言ってはなんだが、エルフを奴隷として欲しがる奴の気持ちがよく分かる。風に揺れる一輪の花のようで、いつまでも見ていたくなる。

けど、カエデの美しさと可愛らしさには負けるがな。

対面のソファで美青年が微笑む。

「ようこそ我が里へ。ここの長を務めております」

「どうも」

眩《まぶ》しくも爽やかなオーラは長と言うより王子様だ。

見た目も二十代そこらだが、エルフは長命種なので外見から年齢を判別することは非常に困難。

「いきなりで失礼なんだが、年齢は……」

「320です。もうけっこうな歳《とし》なんですよ」

分からん。320がヒューマンでどのくらいなのかさっぱりだ。

外見だけで言えば俺よりも若く見えるくらいだ。

「さっそくなんだが、塔を間近で見させてもらえないか」

「目的を聞いても？」

「ただの見物だ。あれだけの建造物を近くで見たいと思うのは普通のことだろ」

「なるほど。あれは素晴らしい遺跡ですからね」

長は「条件があります」と続ける。

「塔はこの里の象徴、本来ならば部外者を近づけさせることはできません。ですが条件を飲んでくださるのなら、外も中も好きなだけ見ていただいて構いませんよ。それどころかフェアリーを挟まず正式な客人として歓迎いたしましょう」

「それは？」

にっこり微笑み、しばし間が空く。

「条件とは塔の扉を開いていただくこと」

「は？」

「実は我々も塔の中を見たことがないんですよ」

目の前の長が何を言ったのかすぐには理解できなかった。所有しているのだから中のことはよく知ってるだろ。

もしかしてからかっているのか？

「いやぁ、あの塔には鍵がかかっていましてね、誰も中に入ったことはないんです。もし開けられたなら、この里の歴史的瞬間ですかね。ははは」

「冗談……ではなさそうだな」

「ええまぁ、中に何があるのかさっぱりでして。とりあえず先祖代々この土地に住んではいますが、あれがどのような建造物なのか未《いま》だに不明なんです」

マジかよ。それでよく所有を主張できるな。逆に呆れる。

ノリは軽いが、かなり重要な話を暴露されているのは確かだ。

つまりあの塔は未探索の遺跡になる。不意に来るわくわく感。開けて良いなら開けてみたい。何があるのか見てみたい。これもロマンだよな。

「もし中に財宝があったらどうしますか？　半分は……さすがに言い過ぎかもしれませんが、三割くらいはもらう権利はあると思いますけど」

「三割ね、いいですよ。開けられたなら」

カエデはしっかり言質を取る。

絶対に俺達では開けられないと思い込んでいる今が、最高のチャンスだった。

ウチの可愛い奴隷はちゃっかりしてるな。うんうん。

「長よ、この男は並々ならぬヒューマンだ。軽々しくそのようなことを了承しては、もし万が一開いてしまった時困るのは我々だ」

「大丈夫大丈夫。あの塔はその昔、グランドシーフでも開けられなかったんだよ。どう考えたって彼に開けられるはずがない」

「だが、もしもがある」

「勇猛果敢なくせに心配性だなアリューシャは。だから嫁のもらい手がないんだよ」

「それとこれとは別だろ！　兄上！」

兄妹だったらしく、アリューシャの言葉に俺とカエデは目を点にする。フラウは知っていたのか、どうでも良いとばかりにパン太と遊んでいた。

「とにかく、開けたら歓迎してくれるんだな」

「もちろん」

長はニマニマ笑みを浮かべる。

どうせできないだろ、そんな彼の心の声が聞こえた気がした。

◇

俺達は揃《そろ》って首が痛くなりそうなほど塔を見上げる。

なんてばかでかい建物。

間近で観察するクロイエスの塔は、塔と言うより白い壁。

窓らしきものは見当たらず、唯一侵入できるのは正面の巨大な扉からだけ。扉は金属製で、そのデザインは聖武具の神殿の扉を想起させる。建てられた時期が神殿と同じなのだろう。

えーっと、鍵穴はっと……あった。

扉には鍵穴がある。この点は神殿の扉とは大きく違う。

「どうなの、開けられそうなの」

「きゅう」

ふわふわとパン太に乗ったフラウが寄ってくる。

鍵穴を覗《のぞ》いてみるが向こう側は見えない。やっぱりそこらの簡易な施錠とは訳が違うようだ。グランドシーフのジョブでも仕組みを想像できない。つまり俺の知識以上の代物だ。まぁ、最初から分かっていたことだが。

「複製のできないオリジナルの鍵でないと開けられないみたいですね」

「鑑定スキルか？」

「はい。閉められて何千年も開かれていないと説明があります」

「間違いなく手つかずの遺跡か」

興奮するな。何が飛び出してくるのだろう。

「どうしたヒューマン。早く開けてみろ」

「少し待てって」

「どうせ無駄なのだ」

見張り役のアリューシャは挑戦する前から諦めモードだ。

どれほどの人間が挑戦しても無理だったのだから、そのようになるのも仕方がないのかもしれない。

では、さっそく挑戦しよう。取り出したるはどこにでもあるただの針金。それを鍵穴へと差し込む。さらに超万能キーを発動。

がしゃん。僅か一秒で施錠は解かれた。

ふふふ、さすがは超万能キー、名前の通りなんでも開けられるみたいだな。

「開いたぞ」

「ほら見ろ、どうせ開かないと——なんだって!?」

きぃ、扉を軽く開いてみせる。

それだけでアリューシャは、足下から崩れるように両膝を地面へと突いた。顔は驚愕《きようがく》を通り越して今にも泣きそうだ。

「どうして、どうして開けられるんだ……」

「残念だったわねアリューシャ。三割はこっちがいただくわよ」

「ふらう〜、かんべんしてくれ〜」

「ちょ、しがみつかないでよ！　あんたの長が言ったことじゃない！」

目をうるうるさせるアリューシャは、フラウに抱きついて「なにとぞなかったことに」と訴える。

エルフが守ってきた宝が三割も持って行かれると考えれば、その悲しみは理解できなくもない。

だが、今さらもう遅い。開けてしまったのだ。

そして、俺は塔に眠るお宝に強い興味を抱いている。

ぎぃいい。扉を開けて中へと入る。

「あれなに」

「きゅう!?」

扉を開けた先は大きなフロアだった。

その中心、部屋の中央に巨大な塊が鎮座している。高さ五メートルを超える眷獣《けんじゅう》の卵。

表面は緑色で複数の突起があり、弾力の無いゼリーのように見えた。

近づいて指で触れてみる。

ぶつっ。簡単に穴が開いて、中から悪臭が放たれた。中からどろりとした液体が垂れて、鼻が曲がりそうな臭いが広がる。

「くっさ！　腐ってるぞこれ！」

「状態が悪かったのでしょうか。鑑定でも死んでいると出ています。というか私にはこの臭い耐えられません。うぷっ」

カエデが卵の近くから離脱。人一倍鼻が良いのでキツかったらしい。

よく見ればフラウとアリューシャも、鼻を押さえて隅に移動している。反対に卵と距離が近かった俺は早くに鼻が麻痺《まひ》していた。

「きゅう……」

「仲間、残念だったな」

落ち込んだ様子のパン太を撫でる。

これだけ大きいんだ、さぞ強力な眷獣の卵だったのだろう。俺も仲間にできなくてかなり悔しい。

しかし、この塔にはこれだけしかないのか？

「主様、向こうに階段があるわよ」

「本当だ。上がってみるか」

四人で二階へと上がる。


二階のフロアは一面が水に満たされていた。

フロア全体が浅い水槽のようだ。壁からは綺麗な水が流れ込んでいて、フロアを横切るように足場が奥への階段へと続いている。

「生き物はいないみたいですね。鑑定では飲用に適しているとあります」

「じゃあ一口」

両手で水を掬《すく》って飲んでみる。

うん、臭みもなく美味しい水だ。

俺に倣って他の三人も飲む。

「地下からくみ上げているのでしょうか、冷たくて美味しいです」

「なんだかこの水で汗を流したくなってきたわね」

「やめてくれフラウ、これは里の大切な飲み水になるんだ」

「そうなの？」

アリューシャが満面の笑みで何度も何度も水を飲む。

ちょっと気味が悪いな。

「この里では、水を汲《く》みに遠くまで足を運ばなければならなかった。まさかこのような目と鼻の先に豊富な飲み水があったとは」

「それは良かった。でもここってなんなんだろうな」

「伝承ではエルフの宝が眠っているとされている」

ふーん、宝ねぇ。これがそうなのか。

しかしながら未だグランドシーフの嗅覚はお宝を感じとっている。俺がお宝と思えるような何かが、ここにはあるようだ。

俺達は三階へと上がった。

「本棚？」

「ご主人様、見てください！　スクロールです！」

「なんなのこれ、とんでもないお宝じゃない」

薄暗いフロアに俺達の声が響いた。

三階には無数の棚が並び、棚にはおびただしい量のスクロールが収められていた。棚にはそれぞれプレートが貼られ種類が記載されている。

だが、俺は古代文字が読めない。

「鑑定、看破、透視、溶解……聞いたこともないスキルもあるみたいです」

「古代文字が読めるのか!?」

「え、はい。読めますよ」

マジかよ。古代文字ってすげぇ頭の良い学者になって、ようやく読める文字なんだぞ。それをすらすら読み解くなんて、ウチの可愛い奴隷は何者なんだ。

「こっちには魔法系のスクロールがあるわよ」

「ほんとですか！」

フラウに呼ばれてカエデが走る。

……もしかしてパーティーで読めないの俺だけなのか。

気配がしたので振り返れば、眉間に皺《しわ》を寄せたアリューシャがいた。何度も何度も棚をのぞき込み「これはなんのスクロールだ？」とぼやいている。

いた、俺の仲間が。お前も読めないんだな。ここに来て初めて親近感を抱いたよ。

「これだけのスクロール、まさにお宝だな。エルフとしては嬉しいんじゃないか」

「そうだな。遅くなったが礼を言う。鍵を開けてくれなければ、我々は飲み水もこのスクロールの山も手に入れられなかった。トール殿はヒューマンだが、良いヒューマンだ」

「どうも」

彼女の中で俺の評価がぐんと上がったらしい。

しかし、これだけスクロールがあればそう言いたくなるのだろうな。

スクロールは一回こっきりの使い捨ての遺物だが、その価値は高い。物によっては金貨の山に変わる。エルフは金とは無縁の生活を営んでいるので、これらは主に里の防衛に使用されるのだろうな。間違いなくエルフの宝だ。

「ご主人様、まだ階段がありますよ」

と言うわけで俺達は四階へと上がる。


「ここもスクロールの山だわ」

「もしかするとスクロールを保存する建物だったのかもしれませんね」

四階も三階と同様に大量にスクロールが保管されていた。

まるでスクロールの図書館だな。もし全て売ることができたなら、死ぬまで金に困ることのない生活を送れる。もちろんそんなことはしないが。

「まだ上があるぞ。早く行こう」

上へ向かう階段を見つけたアリューシャが興奮した様子で戻ってくる。さらなる期待をしているようだが、俺の鼻はもう反応していない。

一応、確認だけはしておくとするか。


長い階段を上った先にあったのは重厚な扉だった。しかも鍵がかかっている。

「この先にもお宝が。トール殿」

「はいはい」

目を輝かせそわそわするアリューシャの横で俺は針金を取り出す。

施錠が解かれ扉が静かに開いた。

「……何も無いぞ？」

がらんとした広い部屋。一見すると何も無いように見える。さらなるお宝を期待していたアリューシャはがっくり肩を落とす。反対に俺達の視線は部屋の中央に注がれていた。

「ご主人様」

「ねぇ、これって」

「きゅう」

部屋の中央には見覚えのある魔法陣があった。そう、転移魔法陣だ。しかも今も生きているらしく以前見た物と同様に光っている。

前回を踏まえて考えれば、遺跡から遺跡へ飛ぶのはほぼ確定と考えていい。問題はそれがどこの遺跡なのかだ。もしまだ誰も踏み入ったことのない未知の遺跡だとしたら。

くっ、どこに繋がっているのか知りたい。

「ご主人様のなさりたいようになさってください。私はどこまでも付いて行きます」

「そうそう、フラウ達の心配なんてしなくていいのよ。その為に鍛えたんだから。それにこの向こうにお宝ありそうじゃない。むふふ」

「きゅ！」

二人の言葉が強く背中を押してくれる。

俺は本当に良い仲間を持った。ありがとう二人とも。

方針が決まったところで部屋の中を再確認する。どうやらこれ以上部屋はないようだ。

俺達は長に報告する為に、足早に地上へと向かった。

◆◆◆

魔族から無事逃げ延びることに成功した僕は、一度バルセイユの王都へと帰還した。

だが、そこで待っていたのは死ぬほど辛い屈辱だった。

「聖剣を手に入れたことはひとまず褒めよう。よくやった。だがしかし、ノーザスタルでの醜態はなんだ。魔王の配下を目の前にしながら、仲間を見捨て逃亡、街は大きな被害を受けた」

「…………っつ」

「それだけならまだ言い訳も出来よう。しかし、この魔王の配下を貴公が逃げた後に、漫遊旅団なる冒険者があっさりと倒している」

「漫遊旅団!?　なぜそこに！？？」

立ち上がろうとしたところで、王を警護する騎士達が剣に手を添えた。

すぐさま元の体勢へと戻る。

危うく国王の胸ぐらを摑んで問い詰めるところだった。なんて忌々しいパーティー。

恐らくネイが弱らせたあとで仕留めたに違いない。僕の獲物を横取りしやがって。行く先々で邪魔をしたかと思えば今度は後追いか。許せない。許せない。許せない。ただ殺すだけでは僕の怒りが収まらない。ふざけやがって。

「陛下、どうかチャンスを」

「まぁよい。勇者と言えど貴公はまだ成長過程だ。今回のことは大目に見てやろう」

「ああっ！　深き御心《おこころ》に感謝いたします！」

内心で自身の気持ちの悪さに吐き気がする。

こいつが王でなければ踏みつけにして殺していた。かつて消したギルドのライバル達のように無様に命乞いするのだろうな。

王は頬杖《ほおづえ》を突いて肘掛けに重心を傾ける。

「挽回《ばんかい》のチャンスを二つ与えてやろう」

「ぜひ！」

謁見の間に着飾ったエルフの女が連れてこられる。首には奴隷の証《あかし》である首輪がはめられていた。

あまりの美しさに僕はしばしの間、目が奪われてしまう。

「これは余が手に入れた希少種のハイエルフだ。実に美しいだろう。だが、ずいぶんと金を使ってしまった」

「………」

「余はハイエルフをタダで手に入れたい。そこで貴公には、グリジットの森に暮らすエルフの里に行ってもらうことにした」

「僕に捕まえてきてもらいたい、ということでしょうか？」

国王は返事はせず笑みを浮かべるだけだ。

明言はしない。言葉にせずとも意味は分かるだろう、そんな意思が伝わってきた。

ハイエルフの奴隷……いいね。僕も欲しいよ。奪うのは大好きだ。

しかし、問題はエルフの里へどのようにして入るかだ。

あそこはヒューマンに立ち入ることを許さない排他的な場所だ。たとえ勇者であっても簡単には招き入れはしないだろう。だが必ず折れるはずだ。過去にエルフは幾度となく勇者に協力してきた。

エルフは勇者に従う、これは長い歴史が語っている。

すでにハイエルフの奴隷は手に入れたも同然だ。

「そして、二つ目は六将軍であるロワズを討つことだ。これを機に貴公には、魔王討伐の旅に出てもらうこととなる。やってくれるな？」

「はっ！　必ずや果たして見せます！」

「よろしい。次に会う時はグリジットの王都で行われる円卓会議だ。それまでにハイエルフと勇者らしい手柄を用意しておけ」

国王に「下がれ」と指示を受け一礼する。

内心ではどす黒い怒りが渦巻いていた。レベル30台ごときでふんぞり返る、クソジジイの首を落としたくて仕方なかった。想像の中で何度殺しただろうか。平民の間では愚王と評判だが、まったくもってその通りだったな。もしかするとこの国も長くはないかもしれない。

……いっそのこと取り入る相手を変えるか？

この国はただ生まれ育ったというだけの場所だ。好き放題できるのならどこだっていい。

まぁ、いくら勇者でも簡単に裏切るような者は信用されない。もう少しくらい義理で従ってやるか。それに評価が低いままなのも気に入らない。

僕は颯爽《さっそう》と謁見の間を退室した。

◆

エルフの里へ向かう道中、幾度となく漫遊旅団の噂を耳にした。

『たった一日で五つの街を救った』

『大きな聖剣を持っている』

『連れている奴隷が絶世の美女』

『魔王の配下をデコピンで倒した』

『フェアリーを連れている』

『リーダーはとんでもなくイケメン』

『白い生き物が可愛い』

『本物の勇者は漫遊旅団』

『バルセイユに偽物がいるらしい』

その内容に僕の中の何かが切れそうだった。

だが、それら全てをあえて無視する。どうせ尾ひれが付いた噂話だ。本物は僕なのだから、いずれどちらが間違っていたかはっきりする。

今までの僕は功を焦りすぎていた気がする。勇者であることに囚《とら》われ余裕をなくしていた。これでは失敗して当然だ。ここで一度、以前の僕を思い出そう。トールがまだパーティーにいた頃の僕を。

「あそこにエルフの里があるんだね」

「そう聞いてるわ」

「ずっと見てられるくらい綺麗な塔ですね」

里から最も近い村の展望台から森を観察する。確かに美しい塔だ。

そういえばあれは未探索の遺跡だとどこかで聞いたな。もし中に入ることができれば、貴重な遺物を手に入れられるかもしれない。

ハイエルフと共に遺物を王室に献上すれば……ふふふ。

なにがなんでも里の中に入ってやる。

とは言っても、勇者が来たことを教えてやれば、エルフ共は渋るそぶりを見せながらも、喜んで招き入れてくれるだろうがな。

魔王は共通の敵だ。勇者に協力しないなんてあり得ないのだから。

さぁ、里へ行くぞ。

「どわぁぁあああっ!?」

爆発に吹き飛ばされた僕は、顔面から地面に突っ込む。

ぺっぺっ、口の中が砂だらけだ。誰だ、勇者である僕に遠距離攻撃をしてくる奴らは。すぐに思い知らせてやる。

「大丈夫、セイン!?」

「すぐに治癒を」

「僕に構うな。それよりもどこから攻撃された」

聖剣を抜いて戦闘態勢となる。だが森の中では非常に見えづらい。相手も巧妙に気配を隠しているのか捉えられなかった。

「今すぐ帰れ。そうすれば見逃してやる」

どこからともなく姿を現した女エルフ。その姿は宮殿で見たハイエルフに負けず劣らずの美貌だ。いた。さっそく見つけられるなんて幸運だな。

「たぶん誤解している。僕は勇者のセイン、君達の力を借りたくてここまで来たんだ」

「勇者だと?」

ハイエルフがぴくりと反応を示す。僕は内心でほくそ笑んだ。

やっぱり魔王は怖いよな。いいんだぞ勇者に頼っても。ほら、僕を里に招き入れて助けてくださいって懇願しろよ。その代わりハイエルフも宝も全部いただく。

びぃいいん。

踏み出そうとしたところで目の前に矢が立った。

「興味ないな。今までは協力していたかもしれないが、此度《こたび》の魔王討伐にはこの里は一切関わらないと決めている」

「なっ、んだと!?」

「最近のヒューマンはエルフに対し思うところはないのか。攫っては売買するその尽きない欲望、ほとほと貴様らには愛想が尽きた」

「そう言わず話だけでも」

「する必要はない。我らが信用するのは漫遊旅団だけだ」

その名を聞いて頭に血が上る。

またか、また邪魔をするのか漫遊。どうして行く先々でその名を聞き続けなければならないんだ。

もういい、力尽くで里へ踏み込んでやる。

「その顔、なるほどそれが貴様の本性か。話し合いをしたいと言う割に、剣を収めないのにも違和感を抱いていた」

「黙れ、お前は僕の物になればいいんだよ！」

ハイエルフの女に誘惑の魔眼を使用する。

《警告：魔眼所有者よりもレベルが上である為、効果を及ぼせません》

んだとっ!? またなのか！

どうしてこうもことごとく欲しい相手のレベルが上なんだ！

「リサ、ソアラ！　ねじ伏せてでも里に侵入する！」

「わかったわ！」

「いいのでしょうか」

僕が前に出てリサとソアラが後方から援護をする。

飛んでくる矢を剣で防ぎ、ハイエルフとの間合いを詰めた。

遠距離攻撃を多用する奴は近接に弱い。距離さえ詰めてしまえばこちらのもの。今は傷を付けてでもこの女を戦闘不能にしなければならない。

国王からの評価が落ちきっている今、なにがなんでも成果をあげなければ。

「精霊よ！」

「!?」

女の体に風が纏《まと》われ、僕の体が弾き飛ばされる。なんとか空中で体勢を整え着地。ハイエルフの女は、強い風の渦の中心で見下すような目で僕を見ていた。

そうか、精霊魔法か。エルフには強力な力があったのを忘れていた。

魔法には魔法、リサが炎魔法を放つ。

「フレイムブロー」

「マジックシールド」

直撃する寸前で、見えない壁が炎を防いだ。

どこかで男の声が聞こえた気がした。それもマジックシールドと。記憶が正しければ、一度だけ魔法を防ぐスクロール専用のスキルだったはず。まさか蛮族のエルフがスクロールを有しているというのか。

「まだ気が付かないのか。すでに包囲されていることを」

ハッとして鑑定スキルで辺りを見回す。

木の上、草陰、地面、あらゆるところにエルフが潜んでいた。しかも無数の矢尻が僕に向けられている。いつのまに……。

「勇者だと言ったな、今回は特別に見逃してやる。だが、これはエルフが勇者を殺せないと言う話ではない。我らが友人、漫遊旅団の同族を殺すのが忍びないだけだ。次は見逃してもらえると思うな」

「くっ」

僕らは武器を構えつつ後退する。屈辱的だった。たかがエルフに見逃されるなんて。

遠くからエルフ共の歓声が聞こえた。

◇◇◇

がたっ、どすん。

目の前でエルフの長が椅子から転げ落ちた。

「っつ!!」

彼は後頭部を押さえゴロゴロ転がる。打ち所が悪かったのだろう、気の毒に思えた。

それとなくカエデに視線を向ける。

彼女は黙ったまま頷《うなず》き、長に癒やしの波動を使った。

「とんでもないことをしてくれたもんだ。誰も開けたことのない塔を開いてしまうなんて。しかもあったのが水と大量のスクロールだ。はぁぁ」

後頭部をさすりながら長は空笑いする。それから大きな溜《た》め息《いき》を吐《つ》いた。

三割、が効いているのだろう。水はともかくスクロールは貴重だ。一度きりしか使えないことを考えればやはり三割は痛い。

　彼は頭の中で『どうやって諦めさせようか』と方法を思案しているはずだ。

「兄上、彼の報酬は正当なものです。小細工などせず、きちんと言ったことは守るべきだと進言いたします」

「……なんでこうバカ正直に育ったかなぁ」

「兄上！」

「約束は守るさ」

　諦めたのか長は、もうやめろとばかりに手をひらひらさせる。

　それから姿勢を正し俺に手を差し出した。

「改めて感謝を述べる。トール殿の成したことは里の歴史的変革となるだろう。豊富な水は人を豊かにし、スクロールは防衛を強化させる。礼にはならないかもしれないが、ぜひこの里でのんびりとしていってくれ」

「こちらこそ感謝する」

　長と固い握手を交わす。これで俺達は正式な客人として認められたはずだ。エルフの作る料理や酒、今から非常に楽しみである。

　話が一区切りしたところで、カエデが一枚のスクロールをテーブルに置いた。

「実は保管されていたスクロールの中で、特殊なものを見つけました。中身は身体強化スキルなのですが……」

「普通のと何が違うんだ」

説明をするカエデはやけに歯切れが悪い。

一般的なスクロールは薄い黄色だが、目の前にある物は綺麗な白だった。色からして違うことは分かるが、どこが違うのかをはっきり教えてもらいたい。

「これはスキル<u>を</u>習得させるスクロールです」

一瞬、何を伝えられたのか分からなかった。

スキルを習得できるスクロールだって？

そんなものこの世にあるのか??

「鑑定では『一度だけ対象者にスキルを与えることができる』とありました。残念ながらレアスキルのスクロールはありませんでしたが、それでも価値は計り知れないと思います」

「つまりスクロール自体にも種類があると？」

「そうなります」

歴史的発見に場は静まりかえった。

そして、そのまま報告会は終了となる。

◇

「はいよ、これがエルフ名物モッコイ芋の香草包みだよ」

置かれた器には、葉っぱで包んだ丸い物が山積みとなっていた。

どうやって食べるのだろう。葉っぱごとだろうか。

そこで対面にいるアリューシャが芋を手に取ってそのまま齧《かじ》る。やはり葉っぱは剝がす必要はないようだ。

「あむっ、ほくほくしておいひいわね」

「ほんのり甘くてそれでいて塩気があって、ねっとりしています」

「ほんとだ、これは美味いな」

大部屋で行われる大宴会では、大勢の男女が飲み食いしていた。

建前では俺達の歓迎会だが、実際のところは塔で見つかったお宝を喜ぶお祭りである。

だが、お宝のおかげで俺達にいちゃもんをつけてくる奴らはいない。中には好意的に声をかけてくる者もいて、そこそこ里の者とは親しくできていた。

「きゅう、きゅう」

「お前も欲しいのか」

周りで物欲しそうにパン太が飛ぶ。ロー助と違ってこいつは食事をするのだ。しかも好奇心旺盛に何でも食べる。差し出した芋を、目の下に出現した穴がぱくりと飲み込み、半眼でもぐもぐしてから、ぱっちり目を開いて嬉しそうにくるくる回る。気に入ったようだ。

「ぶはぁ、うめぇ」

エルフ自家製の酒は度数が高めでやや辛口だ。

仕事をした後の酒はやっぱり最高だな。いくらでも飲めそうだ。

「ふっ、外の世界はさぞ楽しいのだろうな」

「なんだ、森から出たことないのか」

「わたしは里を守る役目を担っている。何よりエルフは森で生まれ森で死んで行く運命。そもそも出る必要がない」

「へー」

エルフは自然と共に生きて行くことを選んだ種族。森の守り人と呼ばれるような存在だ。それでも外の世界は気になっているんだな。

「でも伝説ではよくエルフが登場するよな。あれはなんでなんだ」

「魔王はエルフの精霊魔法を警戒しているのだ。故に幾度となく各地の里が狙われてきた歴史がある。ヒューマンと手を組むのは癪《しゃく》だが、エルフの未来を思えば仕方のないことなのだろう」

「ああ、あれは反則だよな。詠唱とか不要だし」

「精霊を叩き飛ばした奴に言われたくない」

ちなみに俺がぶっ飛ばした精霊だが、ちゃんと帰ってきたらしい。

ただ、あれから一度も俺の前には出てこないが。

「外の世界が気になるなら俺達の仲間になるか？」

「誘ってくれるのは嬉しいが遠慮させてもらう。わたしはこの里が大好きなんだ。離れるつもりはない」

アリューシャはぐびっと酒を飲む。

少し残念だった。エルフの仲間は頼りにできそうだったのだが。

でも無理強いは良くないよな。

「この里にいる限り世話はしてやる。狩りに行きたいならいくらでも付き合ってやろう」

「じゃあこの近くで珍しくて面白いものが見られる場所ってないか。塔はもう見たから、今度は別のものを見てみたいんだ」

「珍しいもの……心当たりがあるな」

彼女が言うには、里の近くで観光に向いた場所があるそうなのだ。ヒューマンの知らないエルフだけの穴場。俄然《がぜん》興味が湧いた。

「そこは危険な場所でもある。無理だと判断すればすぐに引き返すつもりだ。それでもいいのなら案内してやってもいい」

「俺達の強さは知ってるだろ。心配性だな」

「それがわたしだ」

アリューシャは微笑みを浮かべ、肩に掛かっていた髪を片手で後ろへと払う。今だけ見れば実にカッコイイ女性だ。

脳裏に精霊を失い、涙目でぶるぶる震えていたエルフの姿がよぎる。

いや、忘れよう。それが彼女の尊厳を守ることになる。

「トール殿、頭の中でわたしを馬鹿にしてないか？」

「マサカ、アハハハ」

アリューシャはうっすらと目に涙を溜めた。

◇

里を出て森に入った俺達は、三時間ほど歩き続けていた。

先導するのはアリューシャだ。彼女は傾斜を軽々と乗り越え、その度に俺達が来るのを待った。

口調はきついが面倒見の良い子のようだ。

「遅いぞトール殿」

「悪いな。どうも森の中は歩きづらくて」

「貴殿は戦士だろう。そのような弱音を吐いてどうする」

「そうでしたね。俺は戦士でした」

間違いなく俺と彼女の中では、戦士のイメージが違っている。

先に待っていたカエデが濡《ぬ》れたハンカチを渡してくれたので、それで額の汗と汚れを軽く拭う。

「ご主人様、模倣師を使ってはどうでしょうか」

「ジョブの？」

「はい。竜騎士でも構いませんが、ここはお手本がいますし模倣師を試してみる絶好の機会じゃないでしょうか」

未だに使い道が分からないジョブをここで使えと？

だが、そろそろ能力をきちんと把握しておくべきなのは確かだ。すでにカエデに鑑定スキルで調べてもらっている。その時は『相手を模倣する』としか書かれていなかったのだ。

「続きだ。しっかり付いてこい」

険しい崖をアリューシャは軽快に登る。

続いてフラウが上がり、パン太もふわふわ上がって行く。カエデはビーストらしい鋭敏な動きで瞬時に登ってみせた。残るは俺だ。

模倣師を発動、真似《まね》るのはアリューシャの動き。

体が勝手に動き出し、岩壁を簡単に登ることができる。能力的には俺の方が上なんだから、できて当たり前。だが無駄のない最適な移動は想像以上に負担が少ない。この動きを知っているかいないかで、森の中での戦闘は大きく変わるだろう。

「おおおおおっ！　さすがはトール殿、もうわたしの動きをマスターしたか！」

「お、おう……」

「やっぱり素晴らしい戦士だな。吸収力が違う」

「…………」

ジョブで楽したなんて言えない。すまんアリューシャ。

そこからは模倣師を使いつつ動きを覚えようと努力した。このジョブのいいところは、強制的に動きを真似してくれるところだ。感覚が残っているので体も覚えやすい。

三十分ほどでジョブを使わずとも難なく崖を登れるようになった。

「ずいぶん里から離れたな」

「文句を言うな。貴殿が珍しいものを見たいと言ったんだろ」

「そうだったな」

彼女はそう言いつつ顔はにこやかだ。初めて出会った時とはずいぶんと印象が変わった。これが本来の彼女なのだろう。

「さ、もうすぐだ――きゃ」

「あぶない」

小石に躓《つまず》いて転びそうになったアリューシャを、素早く後ろから抱き留める。

腕の中には見た目よりも小さく細い感触があった。触れた肌は吸い付くように柔らかく、ついエルフはすべすべしているのだなと思ってしまった。

「い、いつまでつかんでいる、はなせ……」

「悪い」

離れるとアリューシャは顔を真っ赤にしていた。白く長い耳も赤く染まっている。

「ごしゅじんさま～」

カエデが、がばっと抱きつき頭をぐりぐり押しつけてくる。

「ご主人様はカエデのご主人様ですからね！」

「わかってるって」

頭を撫でてやれば耳を垂らせて幸せそうな顔になる。さらに抱きしめながら撫でてやれば、尻尾は激しく揺れ、俺の胸に顔を埋《うず》めてすはすはしていた。

「主様、フラウのこと忘れてない？」

パン太の上でフラウが眉間に皺を寄せていた。なぜかパン太も不機嫌顔である。

「ほら、頭を撫でてやる」

「ふん！　こんなので機嫌が直ると思わないでよね！」

「きゅう！」

先にフラウの頭を撫でる。

最初は抵抗していたが、だんだん手に頭をぐりぐり押しつけて、もっともっとと要求してきた。感情と連動しているのか羽が盛んにぱたぱたしており、最後の方はだらしない顔となって「えへへ」と愉悦の声を漏らす。

お次はパン太。毛の流れに沿って指を差し込み、全身くまなく軽く擦るように撫でる。それから抱きしめて顔を埋めてモフモフした。ちなみに最後のは俺がしたかっただけだ。

パン太は目がとろーんとなって気持ち良さそうである。

「ぐぬぬ、主様のなでなで好きっ！」

「きゅい！」

どうやら機嫌は直ったらしい。

主人として至らないところは多々あるだろうが、期待に応えられるように頑張らなければな。

「もう済んだか？」

「ああ、待たせたな」

未だ耳が赤いアリューシャは走り出した。


「ここがそうだ」

とある岩壁。そこにはぽっかりと空いた穴があった。俺達は上からのぞき込むような形でアリューシャが示した穴を確認する。

「どうやって下りるんだ」

「簡単だ」

アリューシャはいきなり目の前で飛び降りる。

穴の縁に手を掛け、するりと中へ入った。

ずいぶんと慣れた動きで、幾度とこれを繰り返したのが見て取れた。

もう少しやり方ってのがあるんじゃないか。さすが森に暮らすエルフと言うべきか、怖い物知らずで呆れる。

「ロー助」

「しゃっ！」

刻印からロー助を呼び出し、手頃な木に巻き付いてもらう。

そこから眷獣をロープ代わりにして慎重に壁面を下りる。俺のレベルなら落下しても大した怪我《けが》はしないだろうが、だからといって落ちてもいいわけではない。

穴の中へ入れれば、湿気を含んだ風が奥から吹いてきていた。ここに珍しいものがあるとは想像しにくい。

「まぁ見れば分かる」

「ずいぶんと自信があるみたいだが」

「先に言ってしまえば美しい景色だな。ここでしか見られないことはわたしが保証しよう。なんせかつての勇者が案内されて絶賛したそうだ」

ほー、それは期待できそうだ。

勇者にもなれば珍しい景色や物を腐るほど見てきて目が肥えている。それを感動させるのだから、さぞ素晴らしいのだろう。

「毛がしめってむずむずします」

カエデは何度も狐耳を擦り、尻尾を撫でて不快感を表す。

穴の中はずいぶんと湿度が高い。触ってみれば俺の髪もひんやり冷たくなっていた。

一方のフラウはパン太に乗って涼しそうだ。二束の黄緑の髪をなびかせ「ほわー」と間の抜けた声を出している。触ると分かるが、フェアリーは体温がヒューマンより少し高い。彼女にとってここはちょうど良い涼しさのようだ。

「ついたぞ」

「おおおっ」

壁面に突き出した透明度の高い石柱。

そのどれもが僅かにエメラルド色に発光していて穴全体が輝いて見えた。しかも、至る所に水たまりがあって、天井から落ちる水滴でピチャンと波紋ができる。ここは鍾乳洞《しょうにゅうどう》らしい。どうりで湿気が高いわけだ。

「これは輝鉱石というらしい。こんなにも密集してできるのは珍しいそうだ」

輝鉱石――確か魔力に反応して光る珍しい鉱物だったように思う。

魔法発動を事前察知する道具として加工され、貴族や魔法使いに広く認知されているそうだ。下手な宝石よりもずっと価値がある石だ。

ここが光っているのは恐らく魔脈が下を通っているからだろう。

けど、そんなことはどうでも良いと思えるくらい、神秘的で心奪われる光景だ。

「奥にもっと良い場所がある」

「ぜひ見せてくれ」

穴の奥へ行くと湖があった。しかも湖自体が輝いていて巨大なエメラルドのようだ。恐らく中にある輝鉱石が原因だろう。

「ここは我が里の宝だ。信頼に値する者にしか見せない場所だと、よく覚えておいてくれ」

「俺達は本当の意味でエルフに認められたってことか」

「そうだ。できればヒューマンが喜ぶ金目の物を渡してやりたいが、我ら森の民はそのような物とは無縁でな。すまない」

「とんでもない。俺達は最高の物をもらったよ。連れて来てもらって心から感謝している。ありがとうアリューシャ」

互いに微笑みと握手を交わす。ここは宝と称するに充分なほどの素晴らしい場所だ。何よりエルフに認められたのが嬉しかった。今はまだ力に振り回されて使い方も定まらない状態だが、いつか俺がエルフや多くの種族の為に何かできる日が来ればと願う。

「そろそろ行こう。ここにはあまり長居はできない」

「どうしてだ？」

「この穴には――」

ごぽり。池の中心から気泡が上がる。底に何かいる。

「不味い、勘づかれたか！」

「グルガァア!!」

池から巨大なトカゲが顔を出した。

ドラゴンの亜種、ホワイトゲーターだ。ずるりずるりと、巨体を引きずるようにして水から這《は》い出る。表皮は白く、外見からも肉食獣らしい獰猛《どうもう》さがにじみ出ていた。

「ここはわたしに任せて逃げるんだ！」

「いや、下がるのはお前だ」

アリューシャの腕を摑み後方へ下がらせる。

エルフが安心して訪れることができるように俺が掃除をしてやろう。ここを見せてもらった礼になるかは分からないが。来い白トカゲ。ぶった斬ってやる。

俺は大剣の柄《つか》に手を伸ばす――。

がちんっ。

抜剣が間に合わず、ホワイトゲーターに噛みつかれてしまった。

鋭い牙が食い込み、万力のような力で皮膚を食い破ろうとする。気分的には沢山のツボ押しで挟まれているような感覚だ。それなりに痛い。

「トール殿!!」

「ん？」

「どうして返事が軽い!?」

アリューシャが飛び出すかと思うほど目を見開いている。

レベルを知らない奴からすると、この光景は背筋が凍るような光景に違いない。カエデもフラウもまったく心配していないのか輝鉱石ばかりのんびり見物している。もちろん決して俺をどうでもいいと思っているわけではない。

子猫に噛まれて心配する奴はいない、そんな感じだろう。

「よっこらしょ、と」

「グガッ!?」

「トール殿！？？」

強引に奥へと進み喉の中へと潜り込む。

狭いな。この辺りが胃袋か。剣は抜けないから、ナイフで構わないな。お前に恨みはないが、これもエルフの為だ。それと今晩のご馳走《ちそう》になってくれ。

ナイフを胃袋の内壁に突き刺し、一気に内側からかっさばく。

「うえっ、くせぇな」

中から肉を割って這い出る。

体に血液が滴り、ゲーターの粘液がべっとりと付いていた。もうちょい綺麗に倒せば良かった。

この勝ち方は失敗だったな。

ホワイトゲーターは裏返りピクピクしている。

「なぁアリューシャ、ここで水浴びってしても良いか？」

「かまわないが……」

「うし、それじゃあ遠慮なく」

ナイフを放り投げ、服を脱ぎ捨てた。それから池の中へとおもいっきり飛び込む。

うひぃ、冷たくて気持ちいい！

「あは、あはははははっ！」

「どうした？」

「トール殿は何度だって驚かせてくれるな。この魔物は何人ものエルフを食い殺してきたここの主なんだ。それをいともたやすく殺したかと思えば、いきなり全裸になるとは。笑わずにいられようか！」

アリューシャは腹を抱えて大笑いしている。

こんなことが面白いなんて、エルフって変わってるな。


「ふぅ、すっきりした」

タオルで頭をごしごし拭く。

ちょうどカエデが、ゲーターをマジックストレージに収納したところだった。肉は里で食べるとして、残った素材はギルドで売ればいい金になるだろう。

「どういうことだ！　レベルが上がっている!?」

ステータスを確認したアリューシャが驚愕する。

「いくつになったんだ」

「44だったはずが、１２０に！」

「あー」

仲間と認識してたから経験値が彼女にも流れ込んだのだろう。

一応、俺達のも確認する。

トール　Ｌｖ３００↓３０１
カエデ　Ｌｖ２６０↓２７１
フラウ　Ｌｖ２２０↓２４３
経験値的にかなり美味いやつだったようだ。

「ご主人様！　スキルが！」
「まさか」

【ステータス】
Ｌｖ：２７１
名前：カエデ・タマモ
年齢：15歳
性別：女
種族：白狐《びゃっこ》
ジョブ：魔法使い（奴隷）
スキル：鑑定Ｌｖ15・詠唱省略Ｌｖ20・命中補正Ｌｖ20・威力増大Ｌｖ20・癒やしの波動Ｌｖ20

どうやら……スキルの限界を破壊したらしい。
ただし、俺と違い再設定された上限は20のようだ。
フラウもステータスを見ながらぼんやりしているので覗く。

【ステータス】
Ｌｖ：２４３

名前：フラウ
年齢：28歳
性別：女
種族：フェアリー
ジョブ：鍛冶師・巫女（奴隷）
スキル：攻撃力増大Lv20・俊敏力増大Lv20・看破Lv20・成長の祈りLv20

こっちもか。カエデと違ってスキルの数が少ないので、全てがマックスまで上がっている。さすがのフラウさんも驚きを隠せないようだ。

「スキルがおかしい！」

「あ、うん。そうだな、おかしいな」

「見てくれ！　スキルレベルが！」

「スゴイナ、オメデトウ」

アリューシャの訴えを聞き流して早く帰ろうと急《せ》かす。説明すると長くなるし面倒なので無視。

アリューシャのレベルが上がった、それだけでこの話題は終了だ。

彼女はうーんうーん、などと理由を考え始め、すぐにぺかーっと表情を明るくした。

ようやく俺が原因であることに思い至ったのだろうか。

「きっとこれは森の神からの贈り物に違いない！」

彼女はそう結論づけた。

◇

里へ帰還した俺達は、食事もほどほどに塔へと籠もる。

報酬であるスクロールを選ぶ為だ。膨大な数があるので早めに欲しいものを選んでおかないと、いつまで経《た》ってもここから旅立てない。

「とりあえず鑑定は五個もらおう」

「それだけでいいのか？」

「ウチにはカエデがいるしな。それと水中呼吸のスクロールも六個もらう」

「ここでは使わないだろうからあるだけ持っていけ」

言葉に甘えて水中呼吸のスクロールは十五個もらった。

素晴らしいな。まったくもってどれをもらえばいいのか迷って仕方がない。右を見ても左を見てもスクロールの山、選択肢も山、嬉しさに泣き出しそうだ。

するとフラウがスクロールを持って飛んできた。

「言われてたメッセージのスクロールを見つけたわよ」

「サンキュ、これでどこにいても安心だな」

「その、メッセージのスクロールとはなんだ？」

興味津々のアリューシャに説明してやる。

メッセージのスクロール——簡単に言えばいつでもどこでも使用するだけで、記憶にある人物へ一瞬で文章を送ることができるのだ。一方通行の機能だが緊急時にはかなり使える。

「メッセージの総数はどの程度ある？」

「はっきり数えてないけど、数百はあるんじゃない。複数の棚を占領してたから」

「じゃあこれを三十持ってきてくれ」

フラウは空の袋を掴むと、スクロールのある棚へと飛んで行く。

しかし、本当によりどりみどりすぎて悩むな。できればもう少し考える時間が欲しい。俺達だけでなくこの里で使用することも考えて、慎重に選びたいのだが。

「すぐに決められないのならまた来ればいい。我々は大切な友人としていつでも歓迎するぞ」

「そっか、無理に今決める必要もないのか。ありがとアリューシャ」

「ふぐっ！」

「？」

アリューシャは顔を真っ赤にすると、胸を押さえて部屋の外へと出て行った。

なんだろう、体調でも悪いのだろうか。苦しそうだったし、少し心配になるな。あとでカエデに癒やしの波動をお願いするとしよう。

「良さそうなスクロールを沢山見つけましたよ！」

カエデが満面の笑みで大量のスクロールを抱えてやってくる。部屋の隅にあるテーブルに置くと、一つ一つ説明を始めた。

「こっちが魔力吸収、こっちが安眠、これは食欲増進、それからこっちは室温を一晩快適にしてくれるスクロールで、これは方角と現在位置が分かるスクロールです」

「……ほとんどが不要だな」

「えぇ!?」

安眠、食欲増進、快適室温は完全に俺の為だよな。

気遣いは嬉しいが無用な物は持って行くつもりはない。

「それと魔力吸収もいらない」

「でも、もし魔力切れになったら」

「ずっと言いそびれていたんだが、俺には魔力貸借のスキルがあってだな、実はこれ、俺と他者で魔力のやりとりを可能にするみたいなんだ」

レアスキルらしいのでカエデには詳細な使用方法が見えなかったようだが、これまでにそれとなく使って試していたのだ。結果判明したのが、他者との魔力のやりとりである。

魔力量はカエデよりも俺の方が圧倒的に上だ。

もし彼女が魔力切れを起こしても、その場で俺が貸し付けてやればいいだけの話。

「じゃあ地図のスクロールだけですか」

「そうなるな。ところでその脇に避けているスクロールは?」

「へひゃ!? こ、これはその!」

彼女はがばっと隠すようにスクロールに覆い被《かぶ》さる。

怪しい、実に怪しい。

まさか珍しいスクロールを見つけて、それを独り占めしようとしているのか。

鑑定のスクロールを取り出し確認する。

『嗅覚強化』

……なるほど。

よし、見なかったことにしよう。

◇

エルフの里に来て数日が経過。住人とはすっかり打ち解け、挨拶から立ち話をする相手も日に日に増えていた。

彼らは人見知りこそするが、慣れると意外におしゃべりで気さくだ。狩りにも参加させてもらい、そこそこの大物を仕留めて男の戦士に褒められたりもした。

だからなのか気が付けば里で暮らすヒューマンの戦士、なんて認識が定着しつつあった。

「――卵獲《と》り？」

「そうだ。この里では十五歳を迎えた戦士に試練が課される。それが卵獲り。単独で山にある巣まで登り、無事得ることができればその者は一人前と見なされるのだ」

「それを俺に受けろと？」

「無理にとは言わん。ただ、未だトール殿の実力に懐疑的な者もいてな。真に里の者に認めさせるには、この方法が一番いいのだ」

原っぱで寝転がってアリューシャの話を聞く。すぐ隣ではカエデが昼食の準備をしており、鼻歌交じりにぶつ切りにした野菜を鍋にどぼっどぼっと入れていた。フラウとパン太はというと、原っぱでこれでもかと元気に飛び回っている。

俺は上体を起こし頭をポリポリ掻《か》いた。

「実力なんて認められなくてもいい気がするが？」

「何を言う、戦士が実力を示すのは当然のことだろう。もちろん臆して挑戦できないというのなら、わたしもこれ以上勧めはしないが、戦士としての誇りがあるならばここは一つ――トール殿、聞いているのか！」

「その卵を獲ってくれれば一人前なんだろ」

「おおっ、やる気になったのか」

アリューシャはぱぁぁっと表情を明るくする。

戦士の誇りとやらはどうでもいいのだが、俺はその卵がどんな味なのか興味が湧いたのだ。わざわざ試練にするくらいだ、珍しい上に手に入れるのが難しいことは容易に想像がつく。

エルフの珍味と思えば食指も動く。

「あ、卵を持ってくるのを忘れてしまいました」

「卵！　ほら、ほらほらトール殿！」

カエデが卵と呟《つぶや》き、アリューシャが行くべきだと鼻息を荒くする。

長い耳をピコピコさせて困っているカエデを指さした。

こいつ、凜々しい顔で無理には勧めないなんて言いながら、実は内心では行ってもらいたくて仕方がなかったんだな。他の奴らに俺のことをなんて言われたのかは知らんが、とりあえずその試練を片付ければアリューシャの面目は立つらしい。

それに昼食に必要ならしょうがないか。せっかく天気が良いからとカエデが外での食事に誘ってくれたんだ。できるなら中途半端ではなくきちんと食べたい。

俺は立ち上がってぐんと背伸びをする。

「そこまで言うのなら行ってみるとするか」

「お気を付けて」

カエデに見送られ、俺達は試練の場所へと向かった。

◇

ひゅぉおおおおお。

強い風が吹き抜け、岩の隙間から流れ落ちる滝が虹を作る。

凸凹としたそびえ立つ岩壁は、森に浮かぶ島のようにも、堅牢《けんろう》な城塞のようにも見える。高所では無数の鳥が飛び交い、時折餌らしきものを咥《くわ》えた鳥が、岩壁にある巣へと帰還していた。

ここは里から数キロ離れた山のふもと。

試練の卵とは真上を飛んでいる鳥のものらしい。

「けっこうデカいな。なんて鳥なんだ」

「ジャノメヒイロドリ。この辺りにしか生息しない岩壁に巣を作る魔物だ。特筆すべき能力はこれといってないが、習性として岩壁を登ってくる生き物を落とそうとする」

「見つかると袋だたきに遭いそうだな」

「実際そうなる。故に挑戦する戦士は、鳥に見つからないように巣から卵を持ち帰るのだ」

へー、なかなかハードな試練だな。

ずいぶんと高いようだし、落ちれば即死なんだろうな。俺の場合はレベルが高いのでギリ一命を取り留めるかもしれないが、逆にそっちの方が辛いかもしれない。

俺は一番聞きたかったことを聞くことにする。

「卵は美味いのか？」

「頬が落ちるかと思うほどだ。ゆで卵にして岩塩をふりかければ、ぷりぷりの白身に濃厚な黄身が口の中でとろけて、無意識にもう一つと手を伸ばしてしまう。試練を乗り越えた者だけが味わえるご馳走だ」

ゆで卵と聞いて、ごくりと喉が鳴る。

俺もその卵を無性に食べたくなってきた。どれほど濃厚なのか。殻を剝いたできたてのゆで卵を想像してしまい、口の中に唾液が大量に出てくる。

「じゃ、行ってくる」

「…………」

さっそく岩壁に張り付く。出っ張った岩から岩へ指と足をかけ、すいすい上へと進む。

ぱらっ。足下の岩が僅かに削れ、反射的に真下を見てしまった。

「アリューシャさん？」

「あ、あのだな、トール殿が心配で」

なぜかアリューシャも付いてきていた。

下で待っていればいいのに。慣れない者を一人で登らせることに責任を感じたのだろうか。

面倒見の良い彼女ならあり得る話だ。

「ロー助」

「しゃぁ！」

刻印からロー助を出す。こいつはいざとなればロープ代わりになってくれる頼りになる眷獣だ。

近づく鳥も追い払ってくれるだろうし、いてくれるだけで安心できる。

俺は岩から岩へ飛び移ると、横へ振り子のように体を振って僅かな足場に足をかける。

見上げればアリューシャの張りのある綺麗なお尻が見えた。

「やっぱ慣れているだけあって速いな。もうそんなところまで行っているのか」

「これでも手加減している。だが、トール殿は筋が良い、里の熟練者でもこの短時間でここに来るのは少な――きゃ!?」

ずるっ、アリューシャが足を滑らし俺の顔面へお尻を乗せてきた。なんとか岩の隙間に指を入れて自分と彼女の重量を支える。

「ふがが、ふが」

「すまない！　わたしとしたことが！」

「ふがふが」

もう少しこのままでもいい、と言ったのだが上手く伝わらなかったようだ。

息苦しさを感じてなんとか呼吸しようとする。

「バカ、そんなところを吸うな！　ひんっ」

「ふがほがが」

「あっ、だめ、やんっ、いま上がるからまって――」

アリューシャは足場を見つけて顔から退《の》いた。

俺はほんの一瞬、気が抜けたことで体が後ろへと傾いてしまう。

うわぁ、落ちる落ちる！

しゅるん。ぱしっ。

ロー助がロープになり、アリューシャと俺の腕に巻き付く。

「あ、ぶねぇ……マジで落ちるかと思った」

「おかしなことに気を向けたからだ」

「あれはお前が勝手に」

「そ、そうだとしても油断するな！　このスケベめ！」

顔を真っ赤にした彼女は理不尽なことを言う。

勝手に落ちてきて俺のせいかよ。だがまぁ、良い思いはしたのでこれくらい気にすることでもないか。

アリューシャは何度もちらちら見下ろし、俺の様子を窺《うかが》っているようだった。

「うへぇ、だいぶ上がったな」

「そろそろ飛び立つ時間だ」

日の高さを見たアリューシャが呟く。

鳥達が一斉に鳴き始め、ばさばさと次々に飛び立って行く。

「あの鳥にはそれぞれ餌取りのタイミングがあるのだが、一日一度だけ大部分でそれが重なる時間がある。多くの戦士はそこを狙って卵を獲りに行く」

「じゃあ急ぐか」

移動速度を速め二人で上へ上へと目指す。

巣が集まるところまであと十数メートルに迫り、俺とアリューシャは速度を落として警戒を強めた。大部分はいなくなったが、依然として親がいる巣があるからだ。たとえ少数でも見つかれば面倒だ。こんな逃げ場の無い場所で集中攻撃なんて浴びたくはない。

「よっと、こっちから回り込める」

「トール殿はもしかして猿部族だったのか。どうしてそんなエルフでもためらうような足場を易々《やすやす》と登れる」

アリューシャが俺の移動に驚く。

これだけ登り続けていれば嫌でも慣れる。それに模倣師でずっと彼女の動きを真似ていたしな。基本はすでにマスターしている。あとは身体能力を駆使すれば大体の難所は越えられるんだ。

回り込んだおかげで鳥には見つからず、俺は巣へと近づくことができた。

卵、卵っと。これか。

思ってたより二回りくらいでかいな。

ジャノメヒイロドリの卵は楕円形《だえんけい》のよくある形をしていて、色は真っ赤で黒い斑点模様があった。殻も厚いようで持つとずっしりとした重みを感じる。

食べ応えありそうだ。これは期待できる。

「トール殿、獲りすぎは禁物だぞ。一つの巣から一個だ」

「じゃあ五個くらい獲ったら――」

別の巣に手を伸ばそうとして俺は硬直した。巣の中でひょこっと顔を出した生き物にビビったからだ。

「これはこれは偉大なるトール様」

「あんたはフェアリーの里の長」

「奇遇ですな。いやはやこのような場所で再会できるとは」

どうしてこんなところにいるんだよ。おまけにその背負っているでかい籠はなんなんだ。

長のジージンはひょいと卵を摑んで、後ろの籠へ雑に投げ込む。

「もしや偉大なるトール様も卵獲りですかな。ふむ、アリューシャ殿と一緒と言うことは、今はエルフの里でお過ごしになられていると」

「ああ、まぁそうだな」

「ジージン様、お久しぶりです」

「アリューシャ殿もお元気で。兄上殿もあれからどうですかな」

「長は変わりなく過ごしております」

ジージンとアリューシャは巣と岩肌から互いに挨拶をする。ごくごく普通の会話なのだが、この状況だと違和感しかないな。

「しゃ」

ロー助が接近する複数の生き物に反応する。

あれはフラウの家族。バーニャ、パパウ、マミリ、オトウッド、と勢揃《せいぞろ》いだ。全員背中に籠を背負っている。まさか一家で卵獲りをしているのか。いや、よく見ると別のフェアリーの姿もちらほらある。里で獲りに来ているようだ。

ジージンは集合した家族に指示を出す。

「偉大なるトール様が卵をご所望だ。ちゃんと確保してきているな」

「もちろんここに」

「ぬひひ、今回はよう獲れた」

「偉大なる御方《おかた》には美味しい卵を沢山食べていただかないとね」

「姉ちゃんがいないからスムーズだったよ。つるつるまな板だと、すぐ鳥に見つかっちゃうからね」

へー、胸がまな板だと鳥に見つかるのか。

よく分からんが、フラウが不憫《ふびん》なことは理解した。

さらにわらわらと別のフェアリーも集まり、地上へと降ろしてくれる話となった。


「どうぞ遠慮なさらず」

地上へと戻ってきた俺達の前に、籠にみっしり収まった卵があった。

ざっと見ても三十個はあるだろう。数個でいいと言っても彼らは聞かず、全てもらって欲しいと覚えのある押しの強さをここでも発揮した。隣にいるアリューシャは卵に視線が固定されて、俺とフェアリー達との会話を聞いている様子はない。

ここは素直に受け取っておくか。断っても別の物を用意して里に押しかけてきそうだしな。

俺達は籠を抱え、見送ってくれるジージン達に手を振って別れた。

「卵がこんなにあるなんて、やっぱり試練を受けて良かったな、トール殿」

「そうだな」

「ゆで卵が食べ放題だぞ」

アリューシャは未だに、どうしてフェアリーが俺に卵をくれたのか理解していない。

今の彼女にはそんなことどうでも良いのかもしれないが。あれはこれから食べるゆで卵のことしか考えていない顔だ。

龍人だってことは説明する必要はないな。

しかし、本当に美味いのかこれ。

◇

カエデの元へ帰還した俺は、獲ってきた卵を渡した。

「赤いですね。ひとまず割ってみますね」

器に中身を出す。にゅろん、と大量の白身と大きく真っ赤な黄身が現れる。

俺とカエデはしげしげとそれをのぞき込み、アリューシャは「はぁぁぁ」などと歓喜の声を漏らした。

「真っ赤な黄身なんて初めて見ました」

「俺もだよ。けど、なんか美味そうではあるな。こんもり盛り上がってて張りがあるって言うか、目玉焼きとか良さそうじゃないか」

「卵焼きにしようかと思っていましたが、変更して目玉焼きにしてみましょうか」

カエデは油を引いたフライパンに卵を落とした。

じゅぅうう、ぱちぱち。香ばしい匂いが鼻に届く。

俺達が調理に取りかかった頃、フラウとパン太は原っぱでまだ遊んでいた。空気を吸ったパン太が風船のように膨らみ、ジャンプしたフラウが飛び込んでぼよよんと飛び跳ねる。

「トール殿、ゆで卵の準備ができたぞ」

「そっちも始めてしまおうか」

大きな鍋に水を張り、卵を十個ほど投入。一個一個のサイズがでかいので、通常のゆで卵よりも倍の時間をかけて茹《ゆ》でる。

カエデができあがった目玉焼きを皿へと載せた。

「先に食べていいか」

「はい。お召し上がりください」

「トール殿、わたしにも一口。否、二口」

「ちゃんとやるから待ってろ」

フォークで卵を切れば、とろりと赤い黄身が流れ出た。白身に黄身を纏わせぱくり。

うまっ！　めちゃくちゃ美味い！

今まで食べたどんな卵よりも濃厚で、臭みも無く仄《ほの》かに甘味がある。スライスしたパンと一緒に食べると絶対唸るやつだ。

予想通りパンと食べれば言葉が出なくなる。

「ん～、このような卵が世の中にあったのですね。感激です」

「これだ、これこそがジャノメヒイロドリの卵だ。落ちるのではないかと、つい頬を押さえてしまうほどの絶品。今ここで死んでも悔いは無い！」

カエデもアリューシャも満足そうな表情を浮かべている。

俺達が食事をしている間、空気を吸って巨大化したパン太はフラウにのしかかって押しつぶそうとしていた。フラウは反撃としてパン太を抱えて投げるが、木に当たって跳ね返り再びフラウを直撃する。

ゆで卵ができたので殻を剥《む》いて白身に岩塩をふりかけた。そっと齧れば、弾力のある白身の中央から半熟気味の黄身が顔を出す。

ゆで卵もまた食感が違っていて最高だ。

「これで誰もが貴殿の実力を認めるだろう。トール殿はもう我が里の戦士だ」

「ありがとうアリューシャ」

口の横に卵の欠片《かけら》が付いていたが、あえて指摘せず返事をする。

そっか、俺はエルフの里の戦士になったのか。試練を受けて良かった気がするよ。また一つ居場所ができたことが嬉しい。

さて、もう一口ゆで卵を――。

「ぶげっ!?」

豪速で飛んできたパン太が、俺の鳩尾《みぞおち》にめり込んだ。

パン太は腹を押さえる俺を見るなり、ギョッとしてすぐに飛んで逃げる。主犯であるフラウは投

げたままのフォームで固まっていた。

「こっちで、ちょっと話をしようか。なぁ、フラウさん」

フラウは青ざめた顔でがたがた震えていた。

◇

俺達は例の転移魔法陣の前で、アリューシャと長の二人と別れの挨拶を交わす。この一週間と少し、ずいぶんと世話になった。

「行ってしまうのか。寂しくなるな」

「また来るさ。報酬のスクロールも全てもらったわけじゃないんだ」

「いつでも来てくれ。お前達とこの里のエルフはすでに友だ」

俺達は二人と握手を交わす。

いつかまた会える。もしかしたら案外その時は早いかもな。

長が近づいて耳打ちする。

「転移の魔法陣がどこに繋がってるか気掛かりなんだ。手間を取らせて悪いんだけど、もし問題があるようならメッセージを送って欲しい。里に入られそうな位置なら破壊しておいてくれないか」

「分かった」

なにがなんでも破壊しろと言わない辺り、彼なりに活用できるか考えているのだろう。まぁ、どこからというのはかなり気になる点ではあるが。個人的にはぜひ残しておきたい。

二人との別れが済み、俺達は転移魔法陣へと向かう。

行き先不明。予想が外れていなければ遺跡から遺跡へ行けるはず。

魔法陣の向こう側に何が待っているのか知りたくてたまらない。俺は骨の髄まで冒険を愛する大馬鹿ってことなんだろう。

「行くぞ！」

三人と一匹で魔法陣に飛び込む。


――薄暗い中で着地した。


魔法陣が光っているが空間が広すぎて見渡せない。

やけに埃臭《ほこりくさ》く土臭い。だが獣臭はしない。遺跡の中なのだろうか。魔法陣の外側に石畳が広がっていることから、なんらかの建物の中であることは予想できる。

《報告：偽装の指輪のレベルが2になりました》

こんな時にレベルアップか。もう少しタイミングを考えてくれ。

……指輪に言っても仕方のないことだが。

「全員周囲を警戒。まだ明かりは付けるな。カエデは鑑定で索敵、フラウは看破で潜んでいるものがいないか確認」

「はい」

「りょうかいよ」

「パン太は、そこら辺に浮いててくれ」

「きゅう!?」

剣を抜いて感覚を研ぎ澄ませる。殺気はない、生き物の気配もない。心なしか空気が薄い気がする。もしかしたら密閉された空間だろうか。声の反響からかなり広いことだけは分かる。

「敵はいません」

「隠れた奴もいないわ」

「よし、明かりを付けてくれ」

カエデの魔法による明かりが周囲を照らす。

やはりここは遺跡の中らしい。散乱した瓦礫《がれき》に朽ちかけた床や壁に天井。どこにも出口がないことから密閉した部屋だと分かる。

とりあえずグランドシーフで引っかかる場所はないか探す。

「ここが怪しいな」

壁の一部を押してみると、くるんと回転して向こう側へ出る。

だが、隠し扉の向こうも明かりがなく真っ暗。おまけに空気の流れを感じず、やはりここも密閉された空間だった。

「どこかの遺跡なのは分かるのですが、こうも手がかりがないと不安になりますね」

「早くここから出ましょ。閉じ込められるのはあまり好きじゃないの」

「きゅ」

仲間も扉を越えてこちらへとやってくる。

明かりに照らされて部屋の各所がぼんやりと姿を見せる。先ほどの部屋と同程度の大きさだ。しかもこちらの方が劣化が酷《ひど》く、天井から落ちてくる砂が至る所で小山を作っていた。

遺跡ではあるだろうが、建築された年代は神殿よりも古そうだ。

「どうですか」

「ふむ、正面の壁が怪しいな」

壁に触れて出られる場所はないか確認する。だが、隠し扉らしき物はなく、完全に密閉された状態だった。叩いてみると軽い音がする。向こう側に空間があるのはほぼ確定。

壁を破壊して出るしか方法はなさそうだ。

「全員下がっていろ」

俺は助走をつけて走り出す。

壁を体当たりで粉砕するとそのまま空中を飛んだ。

「な、なんじゃぁあああ!?」

「お？」

壁を越えた先にいたのはローブを着た老人だった。勢いのまま彼にのしかかりランタンが音を立てて転がった。

ぶちゅ。老人と俺の唇が重なる。

口元にもさもさした髭《ひげ》が当たってチクチクした。

「「おえぇぇぇ！」」

揃って吐き気を催す。互いに水筒を取り出し何度も口をゆすぐ。

キスは初めてじゃないが、さすがに男同士ってのはない。まさかこんなところで老人となんて。

「わ、わしの大事な唇を奪いおったな！」

「すまない……」

「嫁以外にしたことなかったのに！」

「やめてくれ、それ以上は拷問だ」

とにかくいきなり現れたことを謝る。事故とは言えあれは俺が悪い。格好良く壁をぶち破ってやろう、なんて変な考えを思いついてしまったのだ。

大人しく拳で破れば良かった。くっ。

「ご無事ですか、ご主人様！」

「このじいさんに変なことされてないでしょうね！」

「ダイジョウブ、ナニモナカッタ」

駆けつけた二人に問題はなかったと説明する。一部あったが、これは俺と老人の尊厳を守る為に伏せるとしよう。

　ばたばた足音が響く。

「叫び声が聞こえましたが大丈夫ですか!?」

　通路らしき場所から武装した四人の男女が走ってきた。リーダーらしき体格の良い男性が松明《たいまつ》を俺達へと向ける。眩しさに目を細めつつ、俺は改めて周囲を確認した。

　ここはどこかの遺跡の大広間のようだ。半ばから折れた石像が床にあり、瓦礫が散乱している。魔物の頭蓋骨らしきものも見受けられた。記憶には無い遺跡なのではっきり現在地が分からない。

「ご無事ですかスコッチェル様」

「怪我はない。少々驚いただけじゃ」

「なら良かった。ところでこの者達は？」

「知らん、いきなり壁を突き破って出てきたのだ」

　警戒心を露わにした男女が武器を抜く。格好から察するに同業者――冒険者のようだ。ここがどこなのか聞きたい気持ちを抑え、とりあえず俺は両手を挙げて敵意が無いことを示す。

「待ってくれ！　怪しい者じゃない！」

「だったら名乗れ。見たところ同業者のようだが、魔族が偽装しているとも限らないからな」

　遺跡でいきなり現れた冒険者。確かに怪しさ満載だよな。

　俺が彼らの立場でも同じ反応をした。

「俺達は漫遊旅団。Ｂランクパーティーだ」

「漫遊旅団……もしや最近噂になっている冒険者か？」

「えっと、ここってどこなんだ」

「グリジット首都からほど近い遺跡の最深部だ」

うぇ!?　グリジット遺跡の最深部!?

確か二十階層くらいあった気がするけど!?

しかし、割と里から近い距離に飛ばされたのは幸いだった。歩きで数日ほどかかる距離を大幅に短縮できたってことだし。

老人がいきなり腕を摑んで腕輪を凝視する。

「おお、これは英雄の腕輪ではないか！　だとするとお前さん本物か！」

「なんだじいさん、腕輪のこと分かるのか」

「見ろ、わしもかつてはこの国の英雄だったんだぞ」

老人が袖をめくり金色の腕輪を見せてくれる。デザインは違うがどことなく似ている感じがする。

「おい、スコッチェル様にじいさんとは無礼だぞ」

「悪い。けど、そっちが自己紹介をしてないんだからしょうがないだろ」

「オルロス落ち着け。彼の言う通りじゃ」

「はっ」

老人が前に出て紹介を始める。

「わしは男爵の爵位を有する元英雄スコッチェルじゃ。で、そっちが護衛に付いてもらっている

『炎斧団《えんふだん》』じゃ」

「自分はリーダーのオルロス。そっちが副リーダーのポロア、こっちはリン、最後にバックスだ」

スコッチェルは白髪交じりの髪と髭を生やした老人。

オルロスは燃えるような赤い毛を後頭部で結んだ屈強な男性。

ポロアは長い金色の前髪で片目を隠した青年。

リンはミディアムヘアーのビースト族猫部族の少女。

バックスは黒短髪にはちまきを締めたふくよかな筋肉質の青年。

炎斧団の名は聞いたことがある。グリジットを拠点とするSランクパーティーだったように思う。

遺跡の最深部まで来るぐらいだ、相当に腕が立つ集団なんだろう。

「わしは遺跡の調査を趣味にしておってな、今回はこのグリジット遺跡の最深部を調べるつもりだった……のだが、今はお前さん達が現れて中断している」

「重ね重ね悪い」

「いいんじゃよ。それで、どうしてここから現れた」

スコッチェルは目をキラキラさせる。わざわざ聞かなくとも『そこから出てきたんだ、すごい秘密があるんだろ』なんて彼の心が透けて見えた。

転移魔法陣のことは言えない。ここからエルフの里に入られたら大問題だ。

「なんだかよく分からない魔法陣を踏んで飛ばされたんだよ。いやぁ、びっくりしたなぁ。ほんと油断してたよ」

「ほう、どこの魔法陣を踏んだのじゃ」

「えーっと、アイナークの地下遺跡だったかな」

「ずいぶん曖昧じゃな」

スコッチェルが怪訝《けげん》な顔で俺を見ている。

ヤバい、めちゃくちゃ怪しまれてる。上手くごまかせると思ったんだが、やっぱり嘘《うそ》は苦手だな。

ネイにはよく顔を見れば分かるって言われてたし。

「奥を見させてもらうぞ」

「どうぞどうぞ」

老人は壁を這い上がって俺達が出てきた場所へと入る。

ランタンで隅々まで見てから溜め息を吐いた。

「まだ見ぬ遺物があるかと思ったのじゃが、やはりここには何もなかったようだな。もはやこの遺跡は取り尽くされてしまったか」

「探している物があるのか？」

「うむ、実は孫がとある毒に冒されておっての、最上級解毒薬を探しておるのだ。今回の調査はあくまでもついでじゃ」

老人の顔が悲しみに歪む。

最上級解毒薬ねぇ……確かあったよな？

「なにをしているのだ」

「少し待っててくれ」

俺はリュックを下ろしマジックストレージを取り出すと、広げた布の上で収納されているだろう物を思い浮かべる。

瞬時に小瓶がその場に現れた。

「最上級解毒薬だ」

「なんと！」

「助ける手段があって見過ごすのは気分が悪いからな。これでその孫を救ってやってくれ」

「タダでくれるというのか!?　貴重な薬を！」

「その代わりグリジットの首都を案内してくれよ。お代はそれでいい」

「ありがとう、まことに感謝する……」

小瓶を受け取った老人は、膝を屈し目を閉じて深い安堵《あんど》の息を漏らした。

第三章 ＞＞＞ 戦士は死霊使いをぶった斬る

炎斧団《えんふだん》の面々を先頭に遺跡内を進む。中央にはスコッチェルを配置し、後方の守りは俺達《たち》漫遊旅団が引き受けた。

どこまでも続く薄暗い通路。先頭を行くオルロスがランタンで先を照らし続ける。

「貴殿らと出会えたのは奇跡じゃ。危うくわしは最愛の孫を亡くすところだった」

「その毒ってのはそんなに強力なのか」

「ガーゴイルの毒といえばお主にも分かるのではないか」

すぐに理解して頷《うなず》く。

ガーゴイル――人型の魔物で外見は悪魔のような姿をしている。表皮は石のように硬く、その爪には人を石のように硬直させ、最後には死に至らしめる猛毒が備わっている。

解毒方法は三つ。

一つ目は解毒のスキルを使用する。

二つ目は解毒のスクロールを使用する。

三つ目は上級から最上級の解毒薬を使用することだ。

毒に耐えて生き残る者もいるが、そんなのは奇跡と呼べるくらい希《まれ》だ。ガーゴイルの毒に冒されればほぼ確実に死ぬ。

「我が家は金がない。薬もスクロールも手に入れる余裕がなかった。おまけにこの国では現在、解毒のスキル持ちは存在しておらぬのじゃ」

「それで藁《わら》にも縋《すが》る思いで遺跡に……」

「うむ、だがわしは特大の藁を摑《つか》んだようじゃな」

ニカッ、と老人は笑う。なんとなく人柄が良いのが分かる。俺も歳《とし》を取ったらこんな年寄りになりたい、そう思わせる雰囲気が彼にはあった。

「ところで漫遊旅団、あんたらはどの程度戦えるんだ」

オルロスの質問にしばし考える。

「そこそこには」

「英雄になるような奴《やつ》がそこそこなわけないだろ。実際のところどうなんだ、ドラゴンはやったことあるのか」

「レッドドラゴンを一頭だけ」

「マジかよ!?」

ウチ以外のメンバーがざわつく。

その反応は理解できるよ。レッドドラゴンはバカみたいに強いくせにそれなりに頭数もいるからな。街や村を襲うのは大体レッドドラゴンだ。言うなれば恐怖の象徴。同時に冒険者達の倒したい魔物、堂々のナンバーワンだ。

カエデがこそっと耳打ちする。

「私の薬の時ですか？」

「そうそう、お前もハンバーグ食っただろ」

「あー、あれは美味《おい》しかったですね」

ドラゴンのステーキの味を思い出すと涎《よだれ》が出そうになる。

もう少し肉を持って帰るべきだったな。

カエデも味を思い出しているようで尻尾をぱたぱたさせている。彼女の場合、空腹にあの肉だったので俺よりも思い入れは深いかもしれない。割と最近のことなのだが懐かしく感じる。

「すっごーい！　フェアリーなんて初めて見たにゃ！」

「ふふん、フラウの可愛《かわい》さにメロメロみたいね」

「この下の白いのはなんなのにゃ？」

「こっちはパン太よ。フラウの下僕なの」

「きゅう!?」

猫部族のリンとフラウが楽しそうに会話をしている。ただ、パン太は不満そうだ。露骨に眉間らしきところに皺《しわ》を寄せていた。

「でもあんた、どうして語尾に『にゃ』とかつけてるわけ？」

「こっちの方が男が入れ食いだからにゃ」

「な、んだと!?」

「困っちゃうにゃ～、男はすぐにちやほやして貢ぎたがるにゃ～」

「ぐぬぬ、なんだこの敗北感」

フラウは悔しそうに頭を抱える。

◇

一日かけて地上に出た俺達は、朝日を浴びながら空気を吸い込んだ。

「やっぱ日を浴びないとすっきりしないな」

「遺跡の中は埃《ほこり》っぽかったですからね」

「ほんと、はやく水浴びしたいわ。体中がベトベト」

「きゅう」

遺跡の入り口は森の中に埋もれるようにして存在していた。傾いた石像には蔓《つる》が絡みつき、一部には青々と苔《こけ》が生えている。石畳があっただろう地面からは草が生い茂り、石柱が入り口へと導くように二列に並んでいた。

「ここでひとまず休憩をしましょうか、スコッチェル様」

「いや、帰りを急がねばならん。休んでいる暇などない」

「しかしすでに体力の限界が」

「パン太」

スコッチェルの前にパン太が出る。楕円形《だえんけい》だった形状がさらに大きく広がり、大人一人乗せるほどとなった。

「パン太は人を乗せる眷獣《けんじゅう》なんだ。家まで送るから遠慮なく使ってくれ」

「ありがとう。助かる」

ぐにょん、老人は乗るなり目を丸くする。初めての感触に驚いたのだ。

パン太はふわふわで柔らかく少し温かい。俺も乗ったことがあるが、その座り心地は癖になるくらいだ。フラウがパン太にしょっちゅう乗っているのも納得できる。

「眷獣とはこのような生き物なのか……興味深いな」

「あんまり揉《も》まないでやってくれ、そういうのは嫌がるから」

スコッチェルがパン太をもみもみするので注意する。

案の定、パン太の目は嫌がっていた。

俺達は遺跡を出発、グリジットの首都へと移動を開始した。


「あれが我が家じゃ」

「元英雄にして男爵の屋敷、の割にはこぢんまりしてるんだな」

「でかけりゃいいってものでもない。生活するだけならあれくらいで充分じゃ」

「同意するよ」

スコッチェルの屋敷は大通りに面した二階建ての建物だった。横幅は広く二軒分はありそうだ。

外見はお洒落《しゃれ》でどこか可愛らしい印象を受ける。奥さんの趣味だろうか。

「それでは自分達はこれにて」

「うむ、わざわざ付き合ってくれて感謝するぞ。これは謝礼だ」

「こんなに!?」

「頑張ってくれた仲間に美味《うま》いものを食わせてやれ」

「ありがとうございます！　師匠！」

炎斧団は俺達にも軽く手を振ってから去った。

「師匠って？」

「あのオルロスはわしの弟子なんじゃよ。今じゃすっかりわしより強くなってしまったがなぁ。洟《はな》垂れたガキが立派になったもんじゃ」

師匠と弟子か……なんかいいな。

俺の場合、基礎は親父《おやじ》に習ったけど途中で死んでしまって、それからはほぼ独学で戦いを学んだ。まともに師匠って呼べる人はいない。オルロスが羨ましいよ。

俺達は家に招き入れられる。

「お父様、どうでした遺跡の方は!?」

「収穫はなかった」

「そうですか……やはり」

家に入るなり中年の女性が奥から走って出てくる。恐らく床に臥《ふ》せっている孫の母親だ。スコッチェルの報告を聞いて彼女は落胆した表情を浮かべた。

「その代わり、遺跡で出会った者達から最上級解毒薬を譲ってもらった。これでアンナは助かるぞ」

「あああっ、よかった！　これであの子が！」

「すぐに飲ませてくるといい。わしは客人をもてなさないといけない」

「はい、お父様！」

小瓶を受け取った母親は、俺達に一礼してから二階へと行く。これで彼の孫も助かるだろう。

ダイニングへ招かれ椅子に腰を下ろす。

「茶を淹《い》れてくるので少し待っていてくれ」

「気を遣わなくても構わないのだが」

「馬鹿を言うな。可愛い孫の命の恩人だぞ、お主達は大人しくそこに座っておれ」

台所へと消えたスコッチェルに俺達は顔を見合わせる。貴族に直接お茶を淹れさせるなんて初めてだ。ずいぶんと距離が近くて調子が狂う。こっちは平民なのだが。

淹れたてのお茶が置かれスコッチェルも腰を下ろす。

「この度は本当に感謝する。この気持ちは言葉に言い表せないほどじゃ」

「いいって。たまたま解毒薬があっただけなんだからさ」

「お主達にはそうであってもわしにとっては違う。返しきれない恩ができてしまった。どのようにこの気持ちを形にするべきか実に悩ましいところだ」

彼は「あ！　そうだ！」と手の平を拳で打つ。

部屋を飛び出すと、家中にどたどた足音が響いた。元気なじいさんだ。先ほどまでへばっていたのにもう走る気力があるとは。

戻ってきた彼はテーブルに箱を置く。

「ひとまず今はこれで納得してくれ」

「いや、なんなんだこれ」

「ぐふふ、気になるか？　気になるだろう？」

「急に意地悪になるな」

箱は長方形で木製だ。ぱっと見では何が入っているのか分からない。

しかし、このサイズ感……どこかで。

スコッチェルが箱を開くと、そこには布に包まれた何かがあった。

ぱさり。布がめくられ下にあった物が露《あら》わとなる。

「まさか」

「そうじゃ、これは眷獣の卵じゃ」

薄い青色の異質な物体。表面は弾力がありつるんとしていて突起などはない。

なんかこう眷獣の卵って普通の卵と何かが違うんだよな。見た目とかじゃなく、根本的なところから違うって言うか。

「どうだカエデ」

「ちゃんと生きてます」

まさかこんなところで眷獣の卵を見るとは。

思い返せばスコッチェルはやけにパン太に興味津々だった。彼も卵を持っていたのなら納得できる。

「これをくれるのか？」

「そうじゃ。最悪、これを売って解毒薬の購入資金の足しにしようかとも考えていたが、なんせ亡き陛下から親交の証《あかし》としていただいた物だったのでな。できれば売りたくはなかったのだ」

「そんな物を俺に!?」

受け取れない。それはさすがに不味《まず》いだろ。

王室からいただいた物を見ず知らずの他人に渡すなんて。

「いいんじゃよ。元々わしには目覚めさせるほどの魔力はなかった。このまま置いておいても宝の持ち腐れじゃ。それにのぉ、何よりわしの気持ちが収まらん」

二階から母親の喜ぶ声が聞こえる。どうやら彼の孫はあの薬で助かったらしい。スコッチェルは目を閉じて満足そうな表情をする。

「英雄である漫遊旅団にやる。そう決めたのじゃ」

「そこまで言うのなら……」

男の固い決意にこれ以上あれこれ言うのは無粋だ。一度言ったことは曲げない、彼の目はそのように語っていた。

フラウがテーブルに乗って卵をぺちぺち叩《たた》く。

「これからパン太みたいなのが生まれるの？　不思議ね」

「確かに普通の生き物と比べると異質だよな。全部で何種類いるんだろうな」

「わしが知る限りでは、卵は十三種確認されておる。だが、実際はもっと多くの眷獣が大昔にはいたと推測されておるそうじゃ」

へぇ、やっぱり遺物は面白いな。古《いにしえ》の生物の卵、何度聞いてもロマンが溢《あふ》れる。

パン太が卵に近づいて、しきりに匂いを嗅ぐような仕草をする。仲間に反応しているのだろうか。

「もう目覚めさせても良いか？」

「それはお主の物じゃ。好きにすればいい」

ではさっそく、卵へ魔力を込める。面倒なので一気に注入だ。

「すさまじい魔力じゃ。周囲が歪《ゆが》んで見える」

「ご主人様はご主人様ですから」

「カエデそれ、説明になってないわよ」

「きゅう」

卵の魔力吸収が終わる。感触としてはパン太と同程度くらいか。大剣で指先を切り血を垂らす。

これで俺を主《あるじ》とした眷獣が生まれるはずだ。

ぶしゅぅううう。蒸気が発生。

がばり、卵の頭頂部が六枚に開き中が見えた。

――出てこないな。

――遅い、まだか。

――もしかして死んでる？

中をのぞき込もうとしたところで、卵から何かが飛び出した。

そして、床に落ちてびちびち跳ねる。

「魚だな」

「魚ですね」

「魚だわ」

「きゅ」

うすピンク色の体表に、やや平べったい頭部。ひたすら口をぱくぱくさせている。

口をぱくぱく。

口をぱくぱく。

口を……動きが止まった。

「死にかけてないか!?」

「水を！　水、水！」

水を入れた桶《おけ》を持ってきて魚を投げ込む。しばらくするとゆらりと泳ぎ始める。

危なかった。生まれて早々殺すところだった。

スコッチェルが桶の中をのぞき込んでなにやら考え事をしている。

「たぶんサメだな。間違いない」

「海にいるって言う獰猛《どうもう》な？」

「そう、顔つきはわしが見た物と少し違うが、体つきはまんまサメだ」

サメねぇ、村の知り合いに図鑑で見せてもらったことがあるが、あれはもっとこう凶悪な面構えをしていたと思う。こいつは目が離れていて、口にも牙はなく、何を考えているのかよく分からないぼんやりした間の抜けた顔つきなのだが。

サメは俺を見て口をぱくぱくさせる。

でもよく見ると愛嬌《あいきょう》があって可愛いかもしれない。

「名前はどうしますか？」

「サメから取ってサメ子ってのはどうだ」

「素敵です！　良かったですねサメ子さん！」

「そのまんまじゃない。カエデ、あんたも少しくらいツッコみなさいよ。どう考えてもおかしいでしょ、そのネーミング」

サメ子を撫《な》でると嬉《うれ》しそうに尾びれをバシャバシャさせる。

しかし、海水じゃないのに平然としているのは眷獣だからなのか。そもそもこいつがサポート型なのか攻撃型なのかすら判断できない。

カエデが鑑定で確認する。

「どうやら水中の護衛を行う眷獣のようです。パン太とロー助の間くらいでしょうか」

「なるほど。頼りにしているぞサメ子」

「ぱくぱくっ！」

刻印に収納すると、桶は空っぽとなった。

「よければしばらく我が家でゆっくりしていってくれ。空き部屋はいくつかあるから好きに使うといい」

「ありがとう。じいさん」

「うむ。では、わしは孫の顔を見に行くのでまた後で」

彼は微笑《ほほえ》んでから二階へと上がっていった。

◇

翌日、スコッチェルに声をかけられ、とある部屋へと招かれることに。

そこにはベッドから窓の外を見つめる若い女性がいた。

彼女がスコッチェルの孫、アンナである。

肩ほどで切りそろえられた金髪と碧眼《へきがん》、儚《はかな》げな白く細い体、守ってあげたくなるような雰囲気があった。容姿も愛嬌があり笑顔のよく似合う女の子である。

「お祖父様《じいさま》、その方々は？」

「解毒薬をくださった冒険者だ。昨日話しただろう」

「ああ、漫遊旅団さんですね。この度は私の為《ため》にありがとうございます。さぞ高価な代物だったと存じますが、どのようにお返しをすれば良いのか」

「そのままでいい。それに相応の物はもらっている」

ベッドから出ようとする彼女を止める。

律儀で優しい子、スコッチェルが目に入れても痛くないなどと、酒の席で言っていただけのことはある。どことなく病弱だったカエデを彷彿《ほうふつ》とさせる。

「もう体は良いのか」

「毒の心配はないのですが、まだ体力が戻っていなくて」

スコッチェルの話では、一週間前に洗濯物を取り込んでいる最中に、ふらりとやってきたガーゴイルに引っかかれたそうだ。幸いすぐに家に逃げ込んでその場は大事に至らなかったが、結果的に毒が彼女をむしばみじわじわと弱らせたらしい。

医者には余命二週間と宣告されていたそうなので、あと一週間遅ければ彼女はこの世にいなかったかもしれない。幸運を通り越して奇跡だ。

ばたん、どたどた。家の中で激しい足音が響く。

部屋のドアを勢いよく開けたのは、金髪の美しい青年だった。高そうな服を身につけていて、一目で身分が高いことが窺《うかが》えた。おまけによほど急いできたのか肩で息をしている。

「アンナ！　ガーゴイルの毒にやられたというのは本当なのか!?」

「ヒュンケル様」

「どけ、アンナ、アンナ、アンナ！」

青年は俺を押し退けベッドの脇で膝《の》を突く。そして、アンナの右手を両手で優しく包み込んだ。

「どうして僕に言ってくれなかったんだ。君の為ならなんだってするつもりだったのに」

「ヒュンケル様はこの国の王位を継ぐ方です。私のような下級貴族の娘に、王室の権力を使うなんて……」

「冗談じゃない。君を守ってこその力じゃないか」

「ヒュンケル様！」

「アンナ！」

二人がひしっと抱き合う。

こう言ってはなんだが、脳みそがかゆくなってしまいそうだ。初心《うぶ》な若い男女によくある甘い空間、近くにいるだけで胸焼けがする。そりゃあ俺だってあんな時代はあったさ、しかし二十五にもなって見せられるのは精神的にキツい。

「素敵ですね。愛し合う二人、憧れます」

「王子様ってのもいいわよねぇ。乙女の夢だわ」

「きゅう?」

ウチの二人は夢見心地だ。恋愛経験が浅いのだから仕方のないことだろう。

……ちょっと待て、王子ってなんだよ。

俺の疑問を察したのか、スコッチェルがこそっと話をしてくれる。

「孫は第一王子と恋仲なのじゃ。いやはや孫の一大事で、今の今までお知らせするのをすっかり忘れておった」

「てことはアンナは次期王妃!?」

「まだ分からん。男爵の孫と第一王子ではあまりにも格が違い過ぎるからの。側室程度ならまだなんとかなるのだが、正妃ともなると色々外の連中が五月蠅《うるさ》くてな」

王族が身分の低い者と婚姻を結んだ例は過去にいくつかある。

だが、基本的には身分の近い者を娶《めと》るものだ。ぎりぎり貴族に収まっている男爵の孫とでは、あまりにも釣り合わない。

「母上は君のことを気に入っている。必ず王妃にしてみせるよ」

「ヒュンケル……」

また甘い空間ができあがっている。そろそろ退室するべきだな。すでに大量の砂糖を飲み込んだように胸焼け気味だ。邪魔者は早々に消えるとしよう。床を踏み鳴らしたところで、アンナの視線が俺に向く。

「あの方達が私を助けてくださったの」

「彼らが!?」

王子は立ち上がり俺を抱きしめた。

「ありがとぉおおおおおっ！　アンナを助けてくれて!!」

「あ、ああ……どういたしまして」

「名は何という」

「トールだ」

彼はがっ、と俺の腕を摑んで強引に家の外へと連れ出す。

な、なんなんだいきなり。こいつ俺をどこへ連れて行くつもりだ。

慌ててカエデ達が追いかけてきた。

「ご主人様どこへ？」

「少し出かけてくる。後のことは頼んだ」

「承知しました」

カエデは玄関口で一礼して見送ってくれる。彼女に任せておけば何かあっても上手《うま》く対処してくれるだろう。

「乗れ」

家の前には一台の煌《きら》びやかな馬車が停車していた。騎士がドアを開けて彼は迷うことなく乗り込む。さらに説明もなくたった一言だけ述べて、背もたれに背を預け足を組んだ。俺も遅れて馬車の中へ。

「どこへ行くつもりなんだ」

「着けば分かる」

彼はそれだけ言って満足そうに微笑む。

まさか宮殿になんて行かないよな。面倒事は御免だぞ。勘違いであって欲しい。

だが、確実に馬車は宮殿へと向かっていた。

◇

ばんっ。王子が勢いよくドアを両手で開ける。

「何事ですかヒュンケル。王子なら礼儀をわきまえ――」

「母上、アンナを助けてくれた者達へ褒美を！」

「待ちなさい。話が突然すぎます」

王子が飛び込んだのは女王のいる謁見の間だ。玉座には煌びやかな姿をした女王が、臣下と話し合いをしている最中だった。部屋の中はざわつき、臣下や騎士達は脇へと下がる。遅れて入室した俺は非常に居心地の悪い状態だった。

「それと、ここでは陛下と呼べと何度言ったら分かるのですか」

「しまった。そうだった。すまない母上」

「言った傍《そば》から！」

女王は椅子から立ち上がり、王子の頭を扇子でパシンッと叩く。

だが、王子は意に介した様子はなく、叩かれ慣れているのか待ちの姿勢で平然としていた。

しかもあのドヤ顔はなんなのだろう。

誇らしさの使いどころを間違えていないだろうか。

「どうしましょ、頭を叩きすぎてバカになったのかしら」

「安心してください母上。元からです」

「そうでしたね。我が息子は以前からこうでした。何も安心できませんけど」

女王は諦めたように玉座へと戻る。彼女は軽く手を振り、部屋から騎士以外の者を下がらせた。

それから観察するような目を俺に向けてきた。

「どこにでもいる冒険者のようね。アンナを助けるには上級解毒薬が必要だったと思いますが、それを彼が手に入れてくれたのかしら」

「さすがは母上。察しが良い」

「はぁ、単純な話でしょうに。どうしてこの子は、はぁぁぁ」

額を手で押さえうなだれる女王。深い溜《た》め息《いき》に心労が窺える。

どうでもいいがそろそろ帰りたい。

褒美があるならさっさともらいたい気分だ。

「ではその者に五百万渡しなさい。それでこの話は終わりです。わたくしは今、大変忙しい身、そのことは貴方《あなた》もよく分かっているでしょうに」

「それとこれとは別だ母上。国の一大事も、アンナの一大事も、同じくらい僕には重要なことだ。五百万などとは言わず、一億は出さなければ。加えて未来の王妃の命を救ったことを称《たた》え勲章を授けるべきだ」

おいおい、勲章だって？　そんなもの受け取るわけないだろ。

たまたま手元に薬があって渡しただけなんだぞ。

女王はすでに頬杖《ほおづえ》を突いて不満そうな顔だ。息子のバカな発言を黙って聞くのはこれが初めてではない、そんな雰囲気をひしひしと感じる。さらにこの無駄な時間よ早く終われ、と心の声まで聞こえた気がした。

「貴方の主張はよく理解しました。で、そこにいる者の紹介はまだなのかしら」

「おおっ、そうだった。トール、自己紹介をしてくれたまえ」

いきなりこちらに話が振られる。非常に面倒だがここは名乗ることにしよう。

「漫遊旅団のトールだ。今は仲間と観光をしながら旅をしている」

「……最近噂《うわさ》になっているあの？」

呟《つぶや》いた女王は俺の腕輪を見てハッとした様子だった。

彼女は口元に扇子を当てて黙り込み、何かを思いついたのか笑みを浮かべる。

すぐに服装を正し、姿勢もきっちりと正した。先ほどまで死んでいた目が蘇《よみがえ》ったようにキラキラしている。

「よくお見えになられました、漫遊旅団のトール殿。義理の娘となるアンナを助けてくれたこと、一人の母親として感謝をさせていただきます」

「大したことはしていないのだが……」

「ところで話は変わりますが、貴方がたはこの後どのように過ごされる予定でしょうか。やはり冒険者らしく割の良い仕事など、お探しではないのですか？」

「それはまぁ」

女王の目が光った気がした。あれはよく知る肉食獣の目。

とてつもなく嫌な予感がする。面倒事が舞い込んでくる匂いだ。

慌てて「用事があったのでこれにて」と退室しようとすると、騎士によって扉が閉め切られ閉じ込められた。

「お噂はかねがね聞いておりますよ。魔王直属の配下を二人も倒したと。ぜひ三人目も倒していただけませんか。もちろん報酬ははずみます」

「ちょ、おい」

別の騎士が俺の両腕を摑み、女王の前へと強制的に戻す。

話を聞くまで逃げられない状態らしい。ここは女王の腹の中だった。

「ふふ、落ち着いてお話ができそうですね」

女王は嬉しそうに目を細めた。

◇

隣国グレイフィールドへ至るには、二つの街と三つの村を越えた先にある、険しい山脈を越えなければならない。

しかし、この山脈を横切る重要な街道を、魔族が二週間以上前から占拠しているそうなのだ。

すぐに女王はこの魔族の掃討作戦を開始した。

結果は壊滅。敵は魔王直属の幹部率いる少数精鋭部隊だった。

これに頭を抱えた女王は、勇者のいるバルセイユへと助力を求めた。だが、待てども待てどもその勇者が一向に来ない。すでにここへ着いていなければならないはずなのに。またもや頭を抱えていた女王の前に、都合良く俺達が現れたというわけだ。

で、現在その魔族退治の為に山を登っている。

「王子と女王にはめられた感じだな」

「いいではないですか。人の為、世の為はご主人様の為ですし」

「お前はほんと、俺には勿体《もったい》ないくらいの奴隷だよ」

「えへへ」

カエデの頭を撫でれば、狐耳《きつねみみ》をぺたんとさせて白いふわふわの尻尾を左右に揺らす。喉でも鳴らしそうな幸せな表情だ。

「あっ」

カエデが小石に躓《つまず》き、咄嗟《とっさ》に俺の服の裾を掴んだ。

「申し訳ございません。うっかり」

「気にしてないさ。足下には気をつけろよ」

「はい」

なぜかカエデが裾を離さない。俺の目をじっと見ていて、何かを言いたそうだ。

「あの、しばらく握ってて良いですか」

「構わないぞ」

「ごしゅじんさま！」

ぱぁぁ、花が咲いたように笑顔となる。

彼女はモジモジしながら、裾をつまんだまま少し後ろから付いてきた。俺には何が嬉しいのかよく分からんが、だがこの感じ悪くない。いや、かなり良い。

「いいなぁいいなぁ、フラウもカエデサイズで生まれたかったなぁ」

「きゅう？」

「あんたには関係ない話よ。白パン」

「きゅう！」

頭の上ではフラウとパン太が今日ももめている。

仲が良いのはいいことだ。うんうん。

だが、後方から呆《あき》れたような溜め息が聞こえた。

「なんでこんな奴らに付いていかなきゃいけないんだよ」

「団の為にゃ。嫌なら一人で帰るにゃ」

「はっ、さらに最悪だね。オルロスの怒鳴り声を聞かなきゃならないんだ」

「じゃあ黙って同行するにゃ。良い男は余計なことは喋《しゃべ》らないにゃ」

ポロアが舌打ちする。

今回の魔族討伐には同行者がいる。炎斧団のポロアとリンである。

彼らはグリジット王室とも懇意らしく、俺達の協力者兼監視者として派遣された。

なぜこの二人なのかは簡単な話で、比較的俊敏性が高く、魔族相手でも逃げられる可能性が高いからだ。いざという時は俺達を置いて帰還するのだろう。

「トールとか言ったっけ？　お前本当に強いのか？」

「どうしてそう思う」

「実はさ、こっそり鑑定のスクロールでステータスを見たんだよ。なんだよレベル50って。相手は100を越えているかもしれないんだぞ」

俺は偽装の指輪でレベルを50にごまかしている。

スキルだって、ダメージ軽減、肉体強化、スキル効果UPしか表示していない。過去の英雄クラスと比べれば鼻で笑われるレベルだ。

「俺達は個人ではなくパーティーに英雄の称号を授かっている。できれば個の力じゃなく全体で見てもらいたいな」

「だったら尚《なお》のこと炎斧団《ウチ》の方がふさわしいね。多くの英雄を輩出してきたアルマンもとうとう地に落ちたかな」

「言い過ぎにゃ。そりゃあわたしだってちょっと不思議には思ってるけど」

ポロアは「だろっ！　絶対おかしいって！」などと声を荒らげる。

金を積んだだの、知り合いの貴族に頼んで称号をもらっただの、本人達がいる前で言いたい放題。

彼はプライドが高く、納得ができないことには誰であろうと遠慮なく牙を立てるようだ。なかなか生きづらい性格をしている。ストレスで禿《は》げないのだろうか。少し心配だ。

ちなみに俺達は今、断崖絶壁の細道を進んでいる。

ポロアによればここは地元の人間しか知らない近道らしい。かなりの時短ができるのだとか。

がらっ。ごろごろっ。

真上から大きな岩が転がってきた。

「あぶないっ！」

「早く避けるにゃ!!」

いち早く気が付いた後ろの二人が声を発する。

俺は蝿《はえ》を叩くように軽く手で弾《はじ》き、岩は空の彼方《かなた》へと消える。

そうか、こんなところだと岩が降ってくるんだな。一応だが気をつけておくか。うんうん。

その後、後ろの二人は恐ろしいほど静かになった。

◇

どぼん。どぼん。カエデがニコニコしながら食材を鍋に投げ込む。紫色の草。不気味な人形の野菜。正体不明の肉。黄色い粉。ぱたん。蓋が閉じられる。

「もうすぐできますからね、ご主人様」

「ああ」

こくりと頷く。

だが、調理を見守っていたポロアとリンは青ざめた顔だ。心なしか器を持つ手が震えているようにも見える。

「ぷふっ、あんた達もしかして怖がってるの？　カエデの料理はああ見えて美味しいのよ」

「料理くらいで、ビビるわけないだろ！　ちょっとあれだ、奇抜過ぎて驚いただけだ！」

「わたしは怖いにゃ。色からしてやばそうにゃ」

分かる。非常に分かる。カエデの料理は初見だと心底怖い。食材を説明されても毒にしか見えない。だが、見た目はともかく味は折り紙付きだ。

今となってはウララがどのように調理を指導したのか謎である。

正確に作っているのか、はたまたカエデのセンスでアレンジしているのか、全ては謎のままだ。

「そろそろ毛並みを整えてあげるわ」

「いつもありがとうございます」

フラウが櫛《くし》を取り出しカエデの尻尾をすいた。

荒れていた毛が流され美しく整う。いつものふわふわの尻尾だ。我慢できなくなったフラウは尻尾に抱きついてモフモフを堪能、しばらくして再び熱心に櫛を通し始める。

「ちょっと、邪魔しないでよ」

「きゅう」

フラウにかまってもらおうとパン太がちょっかいを出す。

「いけませんよ、パン太さん」

そこでカエデに捕まり、パン太は腕の中で撫でられた。

よほど気持ち良いのか、目をとろーんとさせて大人しくなる。

「なんか家族みたいなパーティーにゃ」

「そうか？」

「ウチも仲は良いけど、ここまでまったりしてないにゃ。見てると眠くなってくるにゃ」

「僕は気に入らないね。冒険者のくせに気が抜けすぎだ」

ポロアは未《いま》だに俺達のやることなすこと全てに納得がいかないようだ。

炎斧団の副リーダーを務めているからなのか、常識的なことに厳しい印象だ。対してリンは細かいことにこだわらないおおらかな性格。面倒事はポロアに押しつけ、自分は自由気ままにやりたいことをする。この道中でそんなシーンを散々見せられた。

がさっ。

ポロアとリンが音に反応して身構える。

「気にしなくていい。あれは俺の眷獣のロー助だ」

「「ロー助⁉」」

長い体をくねらせロー助が姿を見せる。

ここに到着した際に刻印から呼び出したのだが、どうやら二人はその場面を見ていなかったようだ。

「こいつがいるから魔物は寄ってこない」

「うえっ、蛇みたいだ」

「わたしもちょっと苦手かもにゃ」

「しゃ!?」

ショックを受けたロー助は、悲しさから俺の腕の中で丸まる。

物怖《ものお》じしない子だが、蛇と間違えられるのは耐えられないらしい。

「さぁ、できましたよ」

鍋が開かれ紫色のどろりとした液体が掬《すく》われる。

やはり匂いはいい。強烈に胃袋を刺激する。見た目はあれだが、味は本当に美味しいのだ。その証拠に、口に入れた二人は大きく目を見開く。

「うそだ……美味しい」

「信じられないにゃ」

スープを口に入れた二人は、見た目とのギャップに固まっていた。

◇

山脈に入って二日目。

近道を通ってきた甲斐《かい》あって予定よりも早く目的地へと到着した。

そこは山脈の中央に位置する谷間の道。至る所にヒューマンの死体が転がり、激しい攻撃のあとが見て取れる。

ここを通り抜けようとして魔族に襲われたのだろう。

「カエデ、敵の反応は？」

「複数あります。見えてきました」

十人ほどの覆面をした魔族が崖から道へと飛び降りてくる。あの身のこなし、精鋭との話は嘘《うそ》ではないようだ。

最後に指揮官らしき黒いローブを着た男が着地する。

「こんにちはヒューマン。ご機嫌いかがかな。もしやここを通りたい？　通してもらいたい？　見逃してもらいたい？」

「違うな。俺達はお前を始末しに来たんだ」

「始末とはずいぶんと大きく出た。ところでお前達は勇者か？　どこの誰なんだ？　ただのヒューマン？　違うのか？」

ぼろぼろの黒いローブを身に纏《まと》った男は、痩せこけていて目がくぼんでいた。言動も挙動も不自然で不気味だ。杖《つえ》を持っているので魔法使いであることだけは辛うじて分かる。

薄ら笑いを浮かべ、ねっとりとした視線を向けてくる。

「ポロア、リン、お前達は下がっていろ」

「やれるのか。相手は魔族の魔法使いだぞ」

「言ってくれれば協力するにゃ」

「いや、俺達だけで充分だ」

ポロアは「援護くらいはしてやる」と後方へ下がった。

さて、三人目の魔王の配下だが、どの程度なのか見させてもらおう。

すらりと背中から大剣を抜き放ち構える。

「お前ロワズだよな。一つ聞いていいか」

「敵との会話は好かぬが、情報収集の為にやむを得ぬか。一度だけ許す、その代わりこちらの質問にも答えろ」

「どうして街道を塞ぐ」

「勇者を待っているのだ。魔王様を殺そうとする魔族最大の敵を」

そういうことか。魔族は勇者を直接狙いに来ているんだな。たぶん、もっと早く殺したかったが、セインの活躍が聞こえてこないので居場所を見つけられない、そんなところだろう。なんの因果か、俺もお前と同じで勇者を殺したいんだよ。

「今度はこちらの番だ。勇者はどこにいる」

「知らん」

「質問を変えよう。我らが同胞、魔王様の配下を殺したのは誰だ」

「俺だ」

魔族がざわつく。ロワズも予想外だったのか後ずさりした。

「貴様、何者だ！」

「ただの戦士」

「嘘つきめ！　もういい、やってしまえ！」

暗殺者らしき十人がナイフを抜く。散開した奴らは、それぞれ違う方向から攻撃を開始した。

「ウィンドスラッシュ」

魔族は風の刃によって切断された。

鉄扇を優雅に構えるカエデに敵はたじろぐ。

「ブレイクハンマァアアア！」

フラウのハンマーが敵に直撃、弾き飛ばされた相手は壁面へとめり込む。さらに高速旋回し、次々に片付けて行く。

「あとはお前だけだな」

「あれらは所詮使い捨ての道具。ロワズの本領は兵が死んでからにある」

殺したはずの魔族の兵がゆらりと立ち上がる。さらに周辺に倒れていたヒューマンの死体も起き上がり、五十人以上に囲まれた。

噂に聞く死霊魔法か。死体を操り従わせる忌み嫌われた魔法。

「くそっ、近づくな！」

「気持ち悪いにゃ！」

ポロアは弓で距離を取って戦い、リンは格闘で死体を寄せ付けない。

大丈夫だと思うが一応護衛を付けておこう。

刻印からロー助を出し、二人を守るように命令する。

「いかがいたしますか、ご主人様」

「命令してくれれば片付けるわよ」

「俺がやる。二人はアイツが逃げないように見ててくれ」

大剣を正眼に構え呼吸を整える。意識がより鮮明となり、研ぎ澄まされた集中力によって周囲の人間の息づかいすらも聞こえる。

竜騎士とグランドシーフを同時使用。

さらにアリューシャから学んだ動きを併用し斬る。

「うりゃぁあああああっ！」

死体の反応速度を遥《はる》かに超えて次々に両断する。正確に言えばロワズの反応速度か。一人残されたロワズは後ずさりする。勝ち目はないと判断したようだ。

しかし、すでに俺の可愛い奴隷がしっかりお前を捉えている。

「アイスロック」

「ひぃぃ!?」

がちん、奴の足が凍り付き逃げることすらもできなくなった。

俺は一歩ずつ近づく。

「来るな！　来るんじゃない！」

「心配するな。セインは俺が報いを受けさせる。だから安心して逝っていい」

「ちがっ、そんなことを言いたいんじゃ――」

一閃《いっせん》。宙にロワズの頭部が舞う。

静かに剣を鞘《さや》に収め振り返ると、ポロアとリンが目を点にしてこちらを見ていた。

二人とも武器を持ったまま固まっている。

「どうした？」

「あのさ、本当にレベル50？」

「そうだ」

「絶対嘘にゃ。偽装か何かでごまかしてるにゃ」

うっ、バレてる。やっぱ分かる奴には分かるよな。

帰り道、やはりポロアとリンは恐ろしいほど静かだった。

◇

女王が扇子を床に落とした。

その顔はドン引きしていると言えるほど引きつっている。

「まだ三日しか経《た》っていないのだけれど？」

女王は真偽を確かめるべくポロアとリンに視線を向ける。

「確かにこの目で確認しました」

「あれが偽物って可能性はかなり低いにゃ」

「本当に三日で……」

彼女は玉座から立ち上がり俺の前へとやってきた。

俺の右手を取って柔らかく両手で握りしめる。

「まさに英雄、民に代わり感謝します」

恥ずかしくなって左の指で頬を掻《か》いた。平民にとって雲の上の存在の女王が、自ら手を握りに来てくれたのだ。大変光栄なことなのだが、慣れないことでつい照れてしまう。

カエデ達を見ると、微笑みを浮かべて嬉しそうだ。

やっぱり主人が有名になるのは、奴隷としては誇らしいのだろうか。目立たないようにしてきたが、もしそうだったらもう少しくらいは派手に活躍しても良いかもしれない。いや、無理か。レベル301とかバレたら色々とヤバそうだ。

気が付けば女王がブツブツ呟いていた。

「アルマン王、やはり油断ならない男ね。こんな優秀な手駒を持っているなんて。一足早く出会っていれば称号を与えることができたのに」

「あの？」

「あ、ちょっと考え事をしてたの！　おほほほ、ごめんなさいね！」

ばしばし、俺の肩を叩く。

女王と言っても中身は村にいるおばさんと変わらないな。

おっと、不敬なことを考えるのは不味いな。

彼女は玉座に戻り扇子を開く。

「それでは、見事依頼を果たしてくれた貴方方に、報酬をお渡ししましょう。持ってきなさい」

命令で謁見の間に台車が運び込まれる。

上には白金貨が山積みされていた。

「そこに二億あります。それとこの首都に貴方専用の屋敷を設けましょう」

「はぁ!?」

「さすがに英雄の称号は贈れませんが、住み心地の良い屋敷があれば、いつでもここへ戻ってこられるわよね。うふふ」

「いやいや、さすがにそれは……」

「女王からの快い申し出を断るって言うの？　ん？」

ひぇ、目が怖い。笑顔なのに全く目が笑ってない。

俺は女王の申し出を渋々受けることにした。

女王はフラウに目を留める。

「あら、よく見ればフェアリーがいるじゃない！」

「なんか文句あるの」

「違うのよ、フェアリー族に一度会いたいと思っていただけなのよ。わたくし、幼き頃より貴方方に憧れを抱いていたの。まさかこんなところでお目にかかれるなんて」

「そ、そう……それは良かったわね」

子供のようにはしゃぐ女王。

フラウは照れているのか顔を赤くして背けていた。

◇

「デカくないか？」

「目の錯覚じゃなく大きいです」

「こんなところに住むの!?」

「きゅう！」

女王が用意してくれた屋敷に俺達は戸惑っていた。

玄関前には噴水があり、庭には青々とした芝生が生え、門から屋敷までの道にはしっかり石畳が敷かれていた。肝心の建物も二階建てで横幅が広い。かつて俺が住んでいた家の何倍あるだろうか、考えるだけで震えが止まらない。

こういうのって維持費とかばかにならないいんじゃないか。本当に国で管理してくれるのか。女王はそうだと言ってたけど、あとで全部払えとかないよな。

「ご主人様、中へ入りましょう」

カエデがするりと腕に腕を絡ませ引っ張る。

嬉しそうな彼女を見ると全てがどうでも良いように感じた。俺の可愛い奴隷が満足ならそれでいいじゃないか。

先のことは後で考えよう。

ポケットから鍵を取り出しドアを開ける。

先にパン太と一緒に入ったフラウが、エントランスでくるりと、視線を巡らせながら回転する。

「住み心地は悪くなさそうだけど、無駄に広いわね。迷子になりそう」

「きゅう」

「パン太、あっちを見るわよ」

「きゅっ！」

一人と一匹は廊下の奥に消えた。

考えてみればこれは都合が良いかもな。俺はここへやってくるだろうセインを待たなければならない。あいつに全てを吐かせ、元親友として片を付ける。その為には、快適に長期間過ごせる場所が必要だった。スコッチェルの元にいつまでもいられなかったしな。

色々思うところはあるが、まずは素直にこの報酬を喜ぼう。

「そろそろマイルームに行かないといけないな」

「荷物も増えましたし整理しないといけませんね」

村や街に立ち寄る度にお土産を増やしている。

飾るしか使い道のない木彫りのクマや壺《つぼ》などなど。マジックストレージは便利だが容量に限界があるので、時々吐き出してやらないといけない。

ま、土産物で良さそうなのがあれば屋敷に飾っても良いな。


「ふん、ふん」

自室で腕立て伏せをする。全裸で。

前々からやってみたかったんだが、仲間の目があってできなかったからなぁ。この解放感、実に素晴らしい。やはり筋トレに服など不要だな。よし、次はスクワットをするか。いやいや、腹筋もいいな。

しかし、腰を落ち着ける場所があるというのは安心感が違うな。宿とは違い人目を気にせず好きなことをやれる。

俺は立ち上がって深呼吸する。

「ごしゅじんさ――きゃぁぁ!?」

「あ」

不意にドアが開けられ全裸を見られる。

カエデは俺のアレを直視してしまい、悲鳴をあげて逃げ出した。

お、おい、ドアを閉めろ。それと入る際はノックくらいしろ。いや、鍵を閉めなかった俺も悪いか。

廊下から聞き覚えのある声が聞こえる。

「本当にここにいるのにゃ？」

「宮殿からはそう聞いた」

「あの男、そんなに強かったのか」

「仲良くして損はないね。僕の推測じゃ、あれはレベル１００を軽く超えてるよ」

「ドラゴンを倒したのは本当だったか」

あの声、炎斧団の奴らか!?

不味い、この姿を見られるわけにはいかないぞ！

とりあえず服――は、着ている時間はないか。適当な布――もないのか。くそっ、早くしないと。

そうだ、ドアを閉めれば時間を稼げる。

素早く入り口へと走り出した。

「あ？」

「あ」

リーダーのオルロスと目が合った。

彼は視線を下げて留める。それから「ほう」と感心した声を漏らした。

ばたんっ。

ドアが閉められる。

「どうやら取り込み中のようだった。一階で少し待たせてもらおう」

「なにしてたんだ」

「さぁな。だが、いい大剣を持っているようだ」

「はぁ？」

足音が遠ざかって行く。

別に裸なんて見られても恥ずかしくはないが、タイミングってものがあるだろ。地味に精神的ダメージはデカい。カエデには全裸で腕立て伏せをしているところを見られたしな。

誰かがドアをノックする。

「あの、ご主人様はどんな姿でも素敵です！　それだけです！」

カエデはぱたぱた走り去って行った。

◆◆◆

僕は追い詰められていた。

あれから幾度もエルフの里へと向かったが、その後は話すらさせてもらえず、矢が飛んでくるだけ。

奴らは本気で僕を殺そうとしていた。勇者であるこの僕をだ。

これ以上ハイエルフに時間を割くのは得策ではないと判断した僕は、先を進み魔族の幹部ロワズを討ち取ることに注力することにした。

だがしかし、今から向かうのでは大幅に遅れが出る。

そこで移動時間を短縮する為に、フェアリーに協力を仰ごうと考えた。

かつての勇者達はフェアリーから『妖精の粉』をもらうことで、自由に大空を舞いながら移動したそうだ。

当然、僕にもそれを使う権利がある。

羽虫の利用価値なんてせいぜい観賞か粉を提供するくらいしかない。この僕が世界平和の為に役立ててやるのだからさぞ大喜びするだろう。なにせ僕は勇者。いずれ伝説になる存在だ。

さぁ、ひれ伏せ羽虫共。

僕を称えろ、くはははは っ。


「このヒューマンめ！　早く失《う》せろ！」

「ぺっ！　帰れ帰れ！」

真上をぶんぶんフェアリーが飛んでいる。

どいつもこいつもガラが悪く、近づいてくる度に唾を吐きかけるのだ。おまけに見た目と違ってかなり強い。すでにリサとソアラは気絶させられダウン状態。我が身を守るので精一杯だ。

「くそっ、近づくな！　殺すぞ！」

「ははははっ！　やれるものならやってみろヒューマン！」

「僕は勇者だ！　協力しろ！」

「愚かなヒューマン♪　心の汚れたヒューマン♪　たまたま勇者になれたヒューマン♪」

「唄《うた》うな！　耳障りだ!!」

剣を振り回す。

僕は愚かじゃない。

僕は正義そのもの。

僕はなるべくして勇者になった。

お前らの言っていることはでたらめだ。

「皆のもの、そのくらいにしたらどうじゃ」

「長《おさ》！」

「勇者よ。帰るがいい。ここはお前の来る場所ではない」

「ふざけるな、僕に妖精の粉を渡せ！」

老人は「愚かじゃな」などと首を横に振る。直後に、フェアリー達が石を投げ始めた。

奴らは「帰れ」を連呼する。

苛立《いらだ》ちが頭の血管を破裂させそうだった。皆殺しにしてやりたいが、動きが速すぎてそれもできない。このままではただのサンドバッグだ。仕方がない、ここは撤退する。

「起きろ！　退《ひ》くぞ！」

「うっ!?　セイン!?」

「ここはどこでしょうか……」

二人を蹴って起こす。

攻撃は止《や》んだが帰れの大合唱は続く。

くそっくそっくそっ。どうして上手くいかない！

なぜこんなにも世界は僕を裏切る！

僕が何をしたって言うんだ。

あー、イライラが止まらない。

◆

馬を購入し、急ぎグリジット首都に到着。

そこで待っていたのは薄々予想していた事態だった。

「今なんと？」

「ロワズは漫遊旅団に倒されました」

女王の言葉に僕は愕然《がくぜん》とする。

まただ、また先を越された。始まりはドラゴンを退治された時からだ。あそこから僕の歯車が空回りし始めた。もっと言えば、トールをパーティーから追い出したあの時からだ。

まさかこれは神様からの罰？

あの程度のことで僕は不幸な目に遭っていると？

笑える。馬鹿馬鹿しくてすごく笑える。おかげで僕の人生設計が粉々だよ。勇者になって、女共を侍《はべ》らせて、地位や名声や金をほしいままにし、ゆくゆくはバルセイユの姫君と結婚して国を乗っ取るつもりだったのに。

あの小さな村からここまで来るのに、どれだけ苦労したと思っているんだ。

何がいけなかった。

何をしくじった。

なんで失敗した。

分からない。原因がまるで思い浮かばない。

「セイン殿、ご気分が優れないようですね」

「失礼、少し体調が悪いので」

「そうですか。ここまでご苦労様でした。後日、円卓会議がありますのでご出席お願いいたします」

「…………はい」

謁見の間を退室する。

外で待っていたリサとソアラと合流し、僕は人目もはばからず両膝を屈した。

「僕は、勇者なんだ、正しい存在なんだよ」

「セイン落ち着いて」

「リサ、君は、僕を勇者と認めてくれるかい」

「もちろんよ。貴方は世界を救う勇者よ」

リサが優しく抱擁してくれる。それだけで僕の荒《すさ》んだ心は和らいだ気がした。頭を撫でられ頭の中がぼんやりとする。

そうだ、僕は勇者、歴史に名を刻む勇者だ。

「君を手に入れて正解だったよ。トールにはもったいない」

「ふふ、ありがと。大好きよセイン」

「二人だけで甘い空気を作らないでください！　私もここにいますよ！」

リサのおかげで頭の中がクリアになった気分だ。

考えてみれば勇者に挫折はつきものじゃないか。これは試練。乗り越えるべき試練なんだ。

この先に僕の望む栄光が待っている。

◆

円卓会議――ヒューマンを主とする各国の代表者が集まり話し合う場。

古くからこの場にて勇者が紹介され、名前と顔を覚えてもらう。さらに魔王討伐への助力要請も行われる為、非常に重要な会議と位置づけられている。

今回集まったのは主要五カ国の代表。

グリジット。

アルマン。

バルセイユ。

グレイフィールド。

ラストリア。

そうそうたる面々が円卓についている。

僕はバルセイユ王の後方で控え、呼ばれるその時を待っていた。

「――ところで最近、漫遊旅団なる冒険者に英雄の称号を与えたそうじゃないか。だが、噂には尾ひれがつく。実際どの程度の者達なんだアルマン王」

「くくっ、じつに面白い奴らだ。余を相手に思ったことをそのままに述べおる。言っておくが噂の半分は事実だよ」

「ほぉ、貴様が気に入るなど珍しいな。俄《が》然《ぜん》興味が湧いた」

「ならば会ってみるといいラストリア王」

話は漫遊旅団に移る。

僕は聞いているだけでいらついた。なんて苦痛な時間。

奥歯をかみしめ殺意が溢れるのをなんとか抑える。

「彼らにはグリジットもお世話になりましたわ。噂通りの強さであっという間に六将軍の一人を討ち取ってしまいました。近い内にグレイフィールドへ行くつもりのようね」

「こちらへ来るのか。ならば一度会っておかねばな。彼らはどのようなものを好むのか、ぜひお聞かせ願いたい」

「うふふふ、名前通りですわよ。観光、グルメ、行く先々での人との出会い、グレイフィールドも多くの遺跡を抱えておりますし、きっと彼らも満喫するでしょう」

やめろ。僕の前で漫遊旅団を語るな。

不愉快だ。ヘドが出る。

とんとん。

バルセイユ王がテーブルを指で叩く。

「それよりも勇者の話をしてもらえんかね。この会議はくだらないおしゃべりの為に開催されているのではない。目下の問題、魔王討伐について集まっているのだ」

「ですが、そこの坊やは何一つ活躍しておりませんけど？」

「これからするのだ！　我がバルセイユが誇る、今代の英雄の頂点だぞ！」

王が憤怒の表情でテーブルを叩く。

女王と王達は冷ややかな目で僕とバルセイユ王を見た。

僕に向けられるのは、まるで偽物の勇者を見るような視線。

アルマン王が口を挟んだ。

「両者冷静に。彼が勇者なのは紛れもない事実、ならばこれまで通り協力するだけだ。まだ魔王は本格的に侵攻を始めていない。恐らく充分な成長を遂げていないからだろう。叩くなら今しかない」

そうだ、結局僕に頼るしかないんだ。

お前らは黙って後方で指をくわえていればいい。

お望み通り魔王討伐、やり遂げてやるよ。漫遊旅団なんか期待しても無駄だってことを教えてやる。たかが英雄の称号をもらっただけの奴ら、対する僕は魔王戦特化の勇者のジョブを有する英雄の中の英雄。比べるまでもないだろ。

それはそうと、奴らが次に向かうのはグレイフィールドか。

と言うことは今はグリジットにいると？

ならばちょうどいい。先回りしてグレイフィールドで大きな成果をあげてやろう。元はと言えば奴らにことごとく先んじられてきたのが原因だ。すぐにでも始末しに行きたいところだが、今の僕は喉から手が出るほど成果を欲している。

勇者としての活躍が欲しい。

浴びるほどの賞賛を受けたい。

あえてここは我慢して、まずは確実に名を高めなければ。

見ていろ漫遊旅団。本気になった僕がどれほど恐ろしいか思い知らせてやる。

◇◇◇

屋敷で生活を始めて二日目。

俺は一人で寝るには広すぎるベッドで目が覚めた。

布団から出ると、カーテンを開けて朝日を浴びる。陽光に照らされた部屋の中を見渡し、俺は広すぎる部屋に顎をぽりぽり掻いた。

落ち着かないな……四分の一でいいくらいだ。寝るだけの部屋なのに、どうしてこんなにスペースがあるんだ。貴族様の考えることは分からんな。

不意に誰かがドアをノックする。

「ご主人様、お召し物をお持ちいたしました」

「ありがとう」

ドアを開ければ嬉しそうに尻尾を振るカエデがいた。服を受け取り着替えようとするが、カエデはそこから動こうとしない。

ま、いっか。見られて減るものでもないし。

初日にはアレも目撃されているんだ。今さらだろう。

てことで背中を向けて寝間着を脱ぐ。パンツに手を掛けた瞬間「はわっ」と後ろから声が聞こえた。するっと脱いで尻を見せれば「はうっ～」と両手で顔を押さえて部屋から逃げ出してしまう。

……なんだったのだろうか？

恥ずかしいなら見なければいいと思うが。

朝食後、淹れ立てのコーヒーを静かに飲む。

やはりダイニングも無駄に広い。一応所々に飾り物はあるのだが、殺風景と言っていいくらいだ。

「朝食はいかがでしたか」

「良かったよ」

「でもこの屋敷広すぎるわよね。食事が侘《わび》しく感じるのはいただけないわ」

テーブルでパンをかじるフラウがぼやく。その割にはいつも以上に食べているようだが。そのパンとベーコン何枚目だ。

カエデも同じ感覚を抱いていたようで「そうですね」と部屋の中を見渡しながら応じる。

女王からはメイドを複数送ると言ってもらったが、俺はそれをやんわりと断った。気を遣うのが嫌だったし、カエデが仕事を奪われると涙目になっていたからだ。

しかし、こんなことなら素直に受け入れておけば良かったかもしれない。

人気のない屋敷がこんなに寂しい場所だとは知らなかったのだ。三人にはここは広すぎる。静かすぎて寒い。両親がいなくなったばかりの家を思い出して涙が出そう。

「ご主人様、あれ」

「ん?」

窓から庭を見ると、十数人のメイドらしき人達が荷物を持ってこちらへと向かっていた。

先頭にはなぜか女王陛下の姿が。

「ご機嫌いかがかしら」

メイド服に身を包んだ女王がニコニコしている。

後ろには若いメイドが並んでいた。

「何の用で？」

「やだ、この格好を見て分からないかしら」

「ご主人様はどうして女王陛下がと、お尋ねしたいのだと……」

「そうね。そこが一番気になる点でしょうね」

女王は扇子を口元に当て、意味深に笑みを深める。

後ろのメイドはともかく、女王自身がメイドの姿になる意味とはなんなのだろうか。俺達はたった一分を一時間のように感じながら返答を待ち続けた。

「女王がメイド、って萌《も》えない？」

この人、何を言っているんだ。

しかも真剣な顔で。

「実は前々から思っていたのです。女王とメイドの相性の良さを。女王がメイド、メイドが女王、んー、響きからしていい」

「あの」

「それはそうと、この屋敷が広すぎることが気になっていたのではありませんか」

「……まぁ」

「そうだろうと思いまして、選《よ》りすぐりのメイドを御用意いたしました。彼女達はあらゆる仕事を完璧にこなすエキスパート。お世話された者はその心地よさに、離れがたくなること間違いなし」

メイド達は女王の一声でそれぞれポーズを決める。

無表情なのでシュールだ。とにかく教育が行き届いていることは確かだ。

反対にカエデは顔が真っ青だった。席を立ち上がると俺にしがみつく。

「ごしゅじんさま～！」

「なんだ、なんなんだ!?」

「恐らくカエデはあの人達に負けてしまいます。そうなったらきっとご主人様は私を捨ててしまうでしょう。ご主人様だけが拠《よ》り所《どころ》なのに、ううう っ」

カエデは捨てないでと泣いて懇願する。

まてまて。話が飛躍しすぎだ。何も言っていないのに、捨てるとかどこから出てきた。だいたい俺がカエデを捨てるわけ無いだろ。

こんなに可愛くて頼りになる奴隷を。

「では、カエデさんにはメイド長の座をお譲りいたしましょう。貴方もメイドとなるのです。きっとトールさんも喜びますよ」

カエデはハッとした様子で「私が、メイド?」と呟く。

おい、心を揺れ動かされるんじゃない。騙《だま》されるな。

「また誰か来たわよ」

パンをかじるフラウが窓の外を眺める。

あれは、アンナと王子?

二人は屋敷の中へ勢いよく入ってきて、ダイニングに来るなり女王の両腕をがっちり掴んだ。

「何を考えている母上！　女王がメイドなど！」

「お義母様《かあさま》、それはいくらなんでもいけませんよ。人心が離れてしまいます」

「待ちなさい、貴方達、これは重要な仕事なのです。わたくしがお手つきとなって英雄の子を身ごもれば、この国に漫遊旅団が——」

女王はズルズル引きずられ強制的に屋敷から連れ出される。外に出ても女王は「未亡人だし、弟とか欲しいでしょ」と二人を説得しようと頑張っていた。

残されたメイド達も一礼して屋敷を出て行く。

危なかった。女王の狙いに全く気づいていなかった。寝所に忍び込まれていたらどうなっていたことやら。やっぱあの人怖い。

「ご主人様のお世話は私だけで充分です！」

復活したカエデが、尻尾を振りながら宣言する。

テーブルでは腹を膨らませたフラウが、苦しそうにげふっと息を吐いた。

◇

ちゃぷちゃぷ。噴水でのんびり泳ぐサメ子。

のぞき込めばすぐに寄ってきて、口をぱくぱくさせる。

「お前、なにができる眷獣なんだ？」

「ぱく？」

言葉すら通じているのか分からん。こいつの顔はまったく表情が読めない。しかも見ていると不思議と眠くなる。

ハッ、まさかこれがこいつの特殊な力!?

……違うな。間抜けな顔に気が抜けるだけだ。

一応、カエデから水中の護衛型と聞いているが、具体的に何ができるのかまでは教えてもらっていない。というか鑑定ではそこまで見えない。

使ってみれば話は早いのだろうが、ここは内陸だし、大きな水場なんてなぁ。

「元気か」

「また来たのか」

ふらりと顔を出したのはオルロス、荷物持ち兼盾使いのバックスも一緒のようだ。

ここ数日よく来る。仕事の誘いならまだしも、ほぼ全てが酒の誘いだ。最初は副リーダーのポロアに言われて、渋々仲良くしようとしていたようだったが、酒の好みや食の好みが同じだと分かると、途端に打ち解けてしまった。

おまけにオルロスは境遇が俺とよく似ていた。

田舎の小さな村から出てきて都でのし上がった男。両親を早くに亡くして一人で生きてきたこと。仲間は年下の幼なじみ達で構成され、兄貴分として誇りを抱いていること。

違う点もあるが、おおむね俺と同じだ。

オルロスは噴水の端に腰を下ろし、持っていた酒瓶を差し出す。

こいつ……こんな真っ昼間から飲んでるのか。

俺は瓶を受け取ってぐいっと呷《あお》る。

「ぶはっ、で、今日は何しに来たんだ」

「遊びの誘いンダ」

俺から酒瓶を受け取ったバックスが答える。

「実はここから少し離れた場所に湖があるンダ。凶暴な水棲《すいせい》の魔物がいない比較的安全な遊び場なンダ。もしよかったら漫遊旅団も一緒にと思って」

「お前らも遊びに？」

「半分仕事で半分それだ。ま、ついでだな」

なるほど、湖の近くで仕事をするからついでに遊ぶと。

そこに俺達も同行させてもらう、って感じか。

悪くない。むしろかなり良い提案だ。ここ最近、屋敷に閉じこもりがちで、カエデもフラウも気が抜けている状態だ。気晴らしになっていいかもしれない。ついでにサメ子の力も見られれば大収穫だろう。

「出発はいつだ」

「明後日《あさって》だ」

「よし、それまでに準備しておく」

水着、買わないといけないな。

◇

「おっきぃいい！　ひろぉおおい！　みずうみだぁあああ!!」

フラウが到着早々に大声で叫ぶ。

目をキラキラさせて湖へと飛んで行った。

毎日毎日「暇、暇、暇」なんてぼやいてたから、はしゃぎたくなるのも当然だ。

本日は晴天、周囲は黄緑色の葉っぱを蓄えた木々に覆われ、湖の水面は光を反射して眩《まば》ゆく輝いている。

「ご主人様、すぐに野営の準備をしますね」

カエデは笑顔でそう言っているが、尻尾が激しく振られ、早く水遊びがしたくてウズウズしているようだった。

頭を撫でてやると白い狐耳がぺたんと垂れる。

「準備は俺がするから、お前は昼食の用意をしてくれ。そうだな、まずは水を汲《く》んでこないといけないよな」

「水！」

ぱぁぁ、表情が明るくなり、ぴこんと狐耳が立つ。

よほど嬉しかったのかバケツを出すなり、一目散に湖へと走って行った。

――が、すぐに戻ってきて俺に抱きつく。すりすり顔を擦《こす》り付けて軽く匂いを嗅いでから、再び湖へと走って行った。

よく見ればスキップしてないか？

ずいぶんと楽しみにしてたんだな……ふふっ。

「それじゃあ、俺らは仕事に行ってくる。二、三時間もしたら戻ってくるつもりだ」

「気をつけろよ。死んで戻ってこないなんてのは御免だぞ」

「おう。それと、できれば昼飯の魚くらいは獲《と》っておいてくれ」

炎斧団の面々は、軽く手を振って森へと入って行く。

彼らはこれからトロールを狩りに行くのだ。依頼内容は不明だが、トロールは五メートルにもなる大型の魔物、決して油断して良い相手ではない。

まぁ、Ｓランクパーティーの彼らには無駄な心配だろうが。

手早くテントを立てて野営の準備をする。その頃にはカエデも戻ってきていて、昼食の準備を始めていた。

フラウは……未だに戻ってこない。

あいつがふらふらするのは、今に始まったことじゃないので気にしないが。

「そろそろ魚を獲りに行ってくるか。しばらくここは任せる」

「はい。どうぞごゆっくり」

「きゅう！」

刻印からパン太が飛び出し、カエデの腕の中へ飛び込む。

俺と一緒に行くより、カエデとここでゆっくりしたいらしい。

時々誰の眷獣か分からなくなるよな。一応、眷獣らしく俺に忠誠心はあるみたいだが、自由すぎてそう感じることが少ない。ロー助はいつも俺を一番に考えて行動するんだけどなぁ。

眷獣にも性格や個性があるようだ。

「冷たくて気持ち良いな」

ブーツを脱いで足を水に入れる。

湖は青く波打っている。透明度はまぁまぁ高く、底は見えないが上層はガラスのように透明で綺《き》麗《れい》だ。水深はかなりあるように思う。

さて、どうやって魚を獲るか考えないと。

釣《つ》り竿《ざお》もいいが、銛《もり》で獲るのも捨てがたい。網も……ありだな。どちらも備えはある。

ここはやはりレベルを生かして大物を狙うべきだろう。というかサメ子の能力も見ておかないといけないしな。潜って銛で獲るのが今回は妥当か。

「サメ子」

「ぱくー！」

刻印からサメ子を出す。実際のところオスかメスか分からないので、直感でメスと判断している。もし違っていたら訂正してサメ吉にする予定だ。

服を脱ぎ、水着一枚になる。そこから銛を持って湖に飛び込んだ。

「ぱくぱく」

サメ子が嬉しそうに寄ってきて体を擦り付けてくる。

撫でてやれば周囲を一周して、また撫でて欲しいと体を擦り付けてきた。鮫肌《さめはだ》というのか、サメ子の表面はざりざりしている。

体当たりされたら、大抵の生き物は皮膚が削られるだろう。

「ぱくぱく！」

サメ子の背中に取っ手のような物が現れる。さすがは水中用の眷獣だ。握るとサメ子は当然のように泳ぎ始めた。なかなかのスピード、自分で泳ぐより数倍は速い。

しかし、これでトップスピードなのか？

意思が伝わったのか、泳ぐ速度が格段に上がる。

待った待った！

さっきのでいい！

こいつ、水の中だと恐ろしく動きが速い。サメ子、実はすごい奴だったのか。

そのまま湖の深い場所へ連れて行ってもらう。左手には銛を握り、いつでも大物を仕留められる体勢だ。

――にしても深いなここ。すでに三メートルは潜っていると思うが、一向に底が見えない。

十メートル目前でようやく長い水草が生い茂る底に到着。足を着けた途端、蓄積した泥が埃のように舞い上がる。

息はまだ保《も》つ。余裕だ。この感じなら十分以上は耐えられそうである。

すぅ、目の前を大きな魚が通り過ぎた。

グランドシーフで気配を殺しているので、こちらには気が付かなかったらしい。同様のことをサメ子もできるのか、魚の後を追って静かに近づく。

ぶすっ。竜騎士のジョブで弱点を正確に見抜き、銛で魚を一突きにする。

五十センチ以上はあるので、一匹でもかなり満足できそうなサイズだ。できればこれをあと五匹は欲しい。

あれなんだ？　網？

こっちに向かってくる！　ひぇ、逃げ切れない！

突然、横方向から巨大な網がやってきて、魚と共にサメ子と俺を攫《さら》った。

ざばぁ。網が引き上げられ俺は、逆さまの状態になった。

「これで主様《あるじさま》も喜ぶわね！　あんたいいアイデア出すじゃない！」

「きゅい！　きゅきゅ！」

網をぶら下げるフラウがパン太と喜び合っている。

だが、パン太は網の中にいる俺に気が付くと、フラウを置いて猛スピードで陸へと逃げて行った。

「なんなの？　なんでいきなり逃げるの？」

「フラウ……あとで話がある」

「ひぃ!?」

フラウは青ざめた顔でがたがた震えた。


じゅぅうう。熱に炙《あぶ》られ魚から脂が滴る。

焼けたものから炎斧団に渡す。

俺は最後に魚を手に取り齧《かじ》った。

「うまっ！」

「ここのお魚は臭みもなくて美味しいですね」

「あつっ、はふはふ！」

焼きたての魚はジューシーでしっとりしている。オルロス達にも好評のようだ。

ちなみに彼らのトロール狩りは成功したそうだ。一時間で狩り終えて戻ってきたのだから、さすがはSランクと言うべきか。

「ふぅ、満足だ」

すっかり胃袋を膨らませ、俺達は木陰でのんびりする。

天気も気温もちょうど良い。誘ってくれたオルロスには感謝だな。

「おまたせにゃ！」

茂みから水着姿のリンが出てくる。

遅れてカエデも姿を現し、思わず目を奪われてしまう。

白い肌に白いビキニ。スタイル抜群のカエデが身につけるともはや凶器に等しい。不思議と水着のシワすらもエロい。二つの太ももで作り出される逆三角は、見ているだけで鼻の下が伸びてしまう。

カエデは俺のすぐ目の前までやってきて恥ずかしそうにした。

「ちょっと！　主様！　フラウも見なさいよ！」

「うぎっ」

顔を摑まれ強引に目を逸《そ》らされる。

いま、ぐきってなったぞ。まったく小さいくせに強引な奴隷だな。

フラウはスレンダーな体型だが、それなりに出るところは出ている。身につけている水着は、ピンクのひらひらが付いた可愛らしいもので、長いツインテールはお団子にされていつもとは少し印象が違う。

「男共、わたしの肉体に惚《ほ》れるなにゃ！」

リンは黒色のビキニで色気を際立たせている。

だが、炎斧団の面々は、ちらりと見てからすぐにカエデに視線を戻した。

「おまえらー！　カエデばかり見るにゃ！」

「だってよぉ、俺達幼なじみで嫌ってほど水遊びしてきた仲だぜ。今さら水着姿を見たくらいで、思うところなんかねぇよ」

「それでも言うことがあるにゃ！　褒めろにゃ！」

まばらにぱちぱち拍手が起きる。ますますリンの機嫌が悪くなった。

「さ、リンさん。一緒に泳ぎましょ」

「それもそうにゃ……ごくり。なんて柔らかいにゃ」

腕を摑まれたリンは、腕に当たるカエデの胸に冷や汗を流す。

羨ましい。俺もその感触をぜひ。

「ご主人様も！」

「そうだな……うわっ!?」

立ち上がろうとしたところで、引っ張られて強引に座らされる。すかさず器を持たされ酒が注がれた。

「自分だけ女共の中心に行こうなんて、そんなことしないよな？」

「そうだぞトール。こっちはこっちで酒盛りだ」

「そうそう、男は男で飲むンダ」

ポロアと体格の良いバックスに肩を組まれ、逃げられない。

正面には酒瓶を持ったオルロスがニヤニヤしている。

しょうがない、付き合うとするか。

「ぐがぁ～、ぐがぁ～」

「やめてにゃ、もうお魚は……むにゃ」

バックスがいびきを掻き、リンは寝言を言いながら苦悶《くもん》の表情だ。周囲を見ればポロアもフラウもカエデも静かに寝ている。

焚《た》き火《び》がゆらゆら揺れ、俺とオルロスだけが起きていた。

「すっかり寝入ってしまったみたいだな」

「飲ませすぎなんだよ」

「そのようだな。楽しくてつい、な」

真上をロー助が静かに泳ぐ。見張りをしてくれているのでこんな場所でも危険は少ない。

彼から酒を注いでもらい、礼を言う。

「で、この後どうするつもりなんだ」

「どうとは？」

「行き先だ。名前の通り漫遊しているのだろう？」

俺は少し考えてから返答する。

「実は勇者を待っているんだ。聞いた話では円卓会議というものが開かれるので、グリジットに来るらしい。予定では明後日開かれるとか」

「円卓会議は一昨日《おととい》終わったぞ」

「なんだと!?」

驚きで酒がこぼれる。

どうして、ネイに聞いた話では明後日のはず！

予定が変わったのか!?　なぜ！？？

「円卓会議について聞かれなかったから興味ないものと思ってた」

「気にしないでくれ、事前に伝えなかった俺が悪い。でもなぜ早まったんだ」

「ノーザスタルで魔族の襲撃があっただろ。そのせいで予定よりも早く話し合いをするべきだってことになったらしい。俺達も又聞きではあるんだが」

ばきっ。うっかり器を握りつぶしてしまった。

冷静になれ、まだセイン達がグリジットを出たとは限らない。大丈夫だ。焦るな。ちゃんとあの三人と会える。

オルロスが新しい器を差し出す。

「そんな顔を嬢ちゃん達に見せるなよ」

「——!?」

慌てて自身の顔に触れる。無意識に殺意が顔に出ていたらしい。

指摘されないと気が付かなかった。

「すまない」

「謝るな。しかし、勇者に会いたいのか……それなら悩むほどじゃないと思うが」

「どう言う意味だ」

「勇者が最終的にどこへ向かうか知らないわけじゃないだろ」

そりゃあ、魔族が支配する暗黒領域……。

そこでハッとする。

「グレイフィールドか！」

「そう、勇者はいずれ暗黒領域と接しているグレイフィールドへ行く。そこで準備を整え突入するんだ。しかも今は砦《とりで》で道が塞がれている。少なくとも突破には数ヶ月はかかるはずだ」

もしグリジットで会えなくとも、すぐに追いつくことができる。元々グレイフィールドには行くつもりだったのだ。その予定が早まるだけである。俺は安堵《あんど》した。

「分かってると思うが、勇者は魔王に対する有効な切り札だ」

「……やったことの責任は取るさ」

オルロスはそれ以上語らない。だが、何を言いたいのかは理解できた。

もしそうなった時は、カエデとフラウを解放して謝らないとな。

「ほら、今日はたらふく飲め」

「いつもそうだろ」

「ふっ、そうだったか？」

こいつ、散々付き合わせたことを忘れたのか。

とぽとぽ、酒が注がれる。

ぎゅっ。誰かにズボンを握られた。

「ごひゅひんひゃま」

「カエデか」

寝ぼけて摑んだのだろう。気持ちの良さそうな寝顔に心癒やされる。

「奴隷を放り出して死ぬような真似《まね》はするなよ」

「分かってる。できる限りのことをしてから責任を取るつもりだ」

「その、できる限りができない時は、ウチでなんとかしてやる」

「いいのか、そんな約束して」

「もしもの時だ。そうならないことを願ってる」

ちんっ、器と器を打ち合わせる。

まったく懐のでかい男だよ、あんたは。ポロア達が信頼するわけだ。俺にも……あんたみたいな頼れる兄貴が欲しかった。そうすれば、こんなことにはならなかったのかもな。いや、過去を嘆いても仕方ないいか。今は目の前のできることをやるしかない。

カエデの頭を撫でてやる。

すると尻尾がぱたぱた動いた。

尻尾の辺りで寝ているフラウがうなされ始める。

「うぐっ、やめて、やめろ……フラウは、そんな拷問には、屈しない」

「きゅう!?」

フラウがぎゅぅぅと寝床にしているパン太の一部を握る。

みるみるパン太が不機嫌になった。

そして、カエデを撫でるのを止めろと睨《にら》む。

「そ、そんなに睨むなよ」

「きゅう！」

「ぶははははっ！　お前ら本当に面白いな！」

オルロスは膝を叩いて大笑いする。

別にお前を笑わそうと思ってしているんじゃない。カエデの頭を撫でたら……もういい。

「ぱくぱくー！」

「ん？」

「なんだあの鳴き声」

遠くから聞き覚えのある声が聞こえる。なんだったのか。酒が入っているせいで思い出せない。

「ぱくぱくー！」

「まただ」

切ない鳴き声だ。何か忘れているような。

「そういえば、あの魚みたいなの放置してるんじゃないのか」

「あ！」

慌てて湖へと走る。

水際ではサメ子が陸に這《は》い上がろうと藻掻《もが》いていた。

「すまない！　忘れていた！」

「ぱくぱく」

サメ子を抱きしめ謝罪する。

ピンクのサメは『置いていかないで』と、俺の服を口ではむはむした。

◇

首都へ帰還した俺達は、屋敷の荷物をまとめる。

先ほど宮殿に訪問したのだが、やはりすでにセイン達はここを発《た》っていた。しかもずいぶんと急いでグレイフィールドへ向かったとのこと。

逸《はや》る気持ちを抑えつつ、リュックを摑んで足早に一階へと向かう。

エントランスではすでに二人が待っていた。

「もう少しのんびりしたかったわ」

「文句を言ってはいけません。ご主人様にはやるべきことがあるのですから」

「偉そうに言ってるけど、あんたも残念そうじゃない」

「尻尾を見ないでください！　これは旅立ちの嬉しさに力が抜けているだけです！」

カエデは慌てて白い狐の尻尾を隠す。

確かにいつもよりくたんとしていて、元気はなさそうだった。ここでもっと過ごしたかったのは俺も同じだ。彼女達の気持ちは痛いほど分かる。

「二人には悪いと思っている。もし残りたいって言うのなら構わない」

「冗談じゃないわよ。フラウは忠実な奴隷なんだから、怒られても付いていくわ」

「そうですご主人様。私はどこまでも付いていくと決めています」

「ありがとう……」

申し訳ない気持ちと嬉しい気持ちが入り混ざる。

俺は彼女達と出会えて本当に幸運だった。二人の為にもできるだけ早く片を付けて戻ってきたいところだ。

屋敷を出ると、炎斧団の面々が来ていた。

他にもスコッチェルにその孫娘、それから恋人である王子がいる。

「挨拶もなしに出発するつもりか」

「もうウチと漫遊旅団は兄弟みたいなものなんだぞ」

「そうにゃ。みずくさいことするにゃよ」

「同じ杯で飲み交わした仲ンダ」

「またいつでも歓迎する。遺跡の話でもしようじゃないか」

「受けた恩は忘れません。どうかお元気で」

「勲章は出せなかったが、我が国の歴史に必ず漫遊旅団の名を残すからな。胸を張って旅立て」

この街で出会った人達との別れに涙腺が緩みそうになった。

カエデが腕に手を添えて微笑む。彼女の言いたいことはそれだけで伝わった。

そうだな、必ずここへ戻ってこよう。必ずだ。

◇

グリジットの首都を発ち、山脈を越える。

ほどなくしてグレイフィールドへと入ることができた。

グレイフィールドは古戦場の多い国だ。その理由が魔族の支配する暗黒領域に接しているからである。だが、その反面観光にも力を注いでいる国でもある。数多くの遺跡があり、充実した名物、象徴的な建造物、歴代勇者の遺物などなど。実は観光名所の宝庫なのである。

「では首都には寄らず前線へ向かうのですね」

カエデの問いかけに俺は頷く。

セイン達はそこにいるはずだ。もうすぐ、もうすぐ会える。

目の前をパン太に乗ったフラウがくるくる回る。

「ちょっと、目が回るじゃない。あんたわざとやってるでしょ」

「きゅう？」

「しらばっくれてもむだよ、白パン！　フラウにはお見通しなんだから！」

「きゅきゅ!?」

はぁぁぁ、フラウとパン太を見ると気が抜けるな。

真剣になろうとしてもいつもこうだ。

だが、この明るさに救われてもいるのだ。

「そろそろ街があると聞いたのですが」

「あれじゃないのか」

草原を貫く道の先に小さな建造物群が見える。今日はあそこで宿泊するつもりだ。

がらがらがらがら。

檻《おり》を運ぶ大型馬車が対向からやってくる。足を止めて通り過ぎる馬車を俺はじっと見つめた。

檻の中から大勢のぼろきれを纏った人々がこちらを覗《のぞ》いていた。

「あれはもしかして」

「奴隷商の馬車だ」

奴隷は二種類に分けられる。罪を犯した者と売られた者だ。

基本的に犯罪者は一般市場には流れない。そう言う奴らは鉱山などに押し込まれ強制労働させられる。もう一つが金に困って家族などに売られるケースだ。実はこっちの方が圧倒的に多い。

そして、公然の秘密とも言うべき三つ目。

攫った者達を売買する裏の取り引きだ。

これについては各国取り締まってはいるが、それは表向きだけである。オークションなどを見ればそれがよく分かるだろう。

「奴隷の所有者か、俺も変わったな――あれ？」

去りゆく馬車、その中にソアラの姿があった。

最初は目の錯覚かと思ったが、何度確認しても記憶の彼女と合致する。

嘘だろ。どうして奴隷商の馬車に。

しまった、ぼーっとしている間にどんどん離れて行く。

待て！　待ってくれ！

そこの馬車止まれぇえええええ!!


「こういうの困るんだよ。できれば店を通してくれないと」

「一千万払う」

「いや、でも」

「二千万」

「売った」

交渉成立。御者はあっさりと承諾した。

檻が開けられ、手錠をはめられたソアラが出てくる。俺を追い出したあの頃とは違っていて、今はぼろきれを纏い、美しかった髪は薄汚れていた。

一瞬、これがあのソアラなのかと目を疑ったくらいだ。

「……トール？」

「そうだ。俺だよ」

「奇遇ですね……こんなところで再会だなんて……」

覇気がない。以前を知っているだけあって直視するのは辛《つら》かった。

がらがらがらがら。馬車が去って行く。

正式な売買ではないので、ソアラには主従契約は施されなかった。だが、彼女の首には首輪がある。

「いきなりですまない」

「私は貴方の奴隷です。好きになさってください」

彼女の頭から液体をかける。ソアラの体がぼんやりとピンクに光った。

間違いない。彼女も洗脳されている。

タオルで液体を拭き取り、針金で手錠を外す。

「どうして奴隷に……」

「セインに捨てられたのです。レベルの高い聖職者を見つけたので、お前はもう用済みだと売られてしまいました」

「な、んだと」

あいつ、幼なじみのソアラを売ったのか……？

俺は愕然として両膝を屈した。あまりにも信じがたい現実だった。

「ご主人様！　お気を確かに！」

「しっかりしなさいよ！　現実逃避しても仕方ないでしょ！」

カエデが抱きしめて癒やしの波動を使ってくれる。

同時にフラウに頬を何度もビンタされた。

フラウ、お前の気持ちは嬉しいが、それはやめてくれ。

だが、二人の気持ちはありがたかった。俺一人だと正気を失っていたかもしれない。怒りに、悲しみに、飲み込まれていただろう。

なんとか立ち上がりソアラの腕を掴んだ。

「付いてきてくれ」

「もう私に価値はありません。気の済むまで好きにしてください」

「…………」

歯を食いしばって耐える。

涙がこぼれないように。

必死で、必死で手を引きながら耐えた。

◇

街で宿を借りてソアラをベッドに寝かせた。

ここに来るまでに酷使されたのか、体がぼろぼろだったのだ。幸いネイのような命に関わる怪我《けが》はなかったので、ハイポーションを飲ませるだけで美しさを取り戻し全回復した。

まぁ、薄汚れているのは変わらないが。

「トールは相変わらず優しいのですね」

「お人好《ひとよ》しの間違いだろ」

「ですが、そのおかげで私は助かりました」

そう言いながらもソアラの目は暗かった。

洗脳を解くことがためらわれる。

果たして彼女は耐えられるのだろうか。ネイは自分よりも酷《ひど》い扱いをされていると言っていた。

どうするべきか迷う。

すっと、腕にカエデの手が添えられる。

どんなことになろうと、傍にいる。彼女の目がそう言っている気がした。

「お前はセインに洗脳されている」

「……そうでしたか。薄々そんな気はしていたのです」

ネイと同じ反応だ。彼女も違和感を覚えていたらしい。

懐から最上級解呪薬を取り出した。

「これで洗脳は解ける。飲むかは自分で――」

「ごくっ、ごくっ、ごくっ」

目にも留まらぬ速さで小瓶をかすめ取り、男らしく親指で栓を開けると一気に飲み干す。

ソアラは「ぶはぁ」と袖で口元を拭った。

「うぎっ!? あがっ!??」

「大丈夫か!?」

「うぎゃあぁぁあああああっ!」

頭を抱え身をよじる。ネイの時と同じだ。

すぐに対応する為にカエデとフラウに目配せする。

――が、ソアラはベッドから下りると、ベッドを持ち上げ窓から投げ捨てた。

ガラスが粉々に割れ、外から悲鳴が聞こえる。

「せぃいいいいんんん、よくもこの聖職者である私に舐《な》めたことしてくれたわねぇええ」

あれ、なんか違うぞ。

目が据わってる。

めちゃくちゃ殺気がにじみ出ているんだが。

ソアラさん、もしかしてずっと……本性隠してましたか?

違う。俺の知ってるソアラじゃない。

あの優しくてほわほわしている彼女はどこに行ったんだ。

お荷物だった俺をいつも根気よく励ましてくれて、疲れた時にはさりげなく水を用意してくれたり。無理をした時はいつだって率先して癒やしを施してくれた。聖職者の鑑《かがみ》のような彼女がなぜ。

まさか洗脳の影響で人格に――。

「こっちが猫かぶるのが上手いからって、いい気になりやがってよぉ！　ちょーしこいてんじゃねぇぞ○○○○野郎が!!」

じゃないみたいですね。

ずっとソアラじゃなく、ソアラさんでしたか。

彼女は頭をかきむしり、もう一つのベッドに勢いよく腰を下ろした。

「ふぅ、あの愚か者には天罰を下さないといけませんね」

「ソアラ」

「はい」

「元に戻ったんだよな？」

「ええ、トールのおかげで御覧の通り」

にっこりと微笑むソアラが怖い。笑顔なのに殺気が噴き出しているのだ。

というか目が笑っていない。

どす黒いオーラに、カエデとフラウが俺の背中に隠れた。

「あの方、とても怖いです」

「ヤバいわよあいつ。よくあんなのと一緒に育ったわね」

「普段はすごく良い奴なんだよ。洗脳が解けて、その反動でおかしくなってるだけなんだ……たぶん」

自分で言っていてまったく説得力がないのが分かる。ネイはああはならなかったのだから。

ソアラがカエデ達を見て目を細める。

「それが新しい仲間ですか。奴隷とは」

「しょうがないだろ。あの時は、疑心暗鬼でまともに仲間を作れる精神状態じゃなかったんだよ」

「……そうでしたね。トールは何も悪くありません」

口調が元に戻り始めてほっとする。

だんっ。めきめき。

床を踏み抜き、右足が床にめり込む。

「あのクズが全て悪いんです。勇者のくせにまさか禁忌のスキルを持っていたなんて、怒りを通り越して心底呆れますよ。ふふ、ふふふふ」

「は、腹は空《す》いていないか。空腹でいらついているのかもしれないしさ」

「お気遣いありがとう。でも、不思議と空腹は感じないの」

「いや、少しでも胃に入れた方がいい。俺としても落ち着いて話をしたいんだ」

冷たい顔がふわっと笑顔に変わる。

「そうですね。あのウンコクズを始末する為には、話し合いが重要ですし」

こぇぇ、こぇぇよソアラさん。

今まで戦ってきたどんな敵よりもこぇぇよ。


「――なるほど、ではトールが漫遊旅団だったのですね」

そう言いながら彼女は、酒の入ったグラスをテーブルに置いた。テーブルにはすでに開けられたボトルが数本。

知らなかった。こんなにも飲む奴だったなんて。

「ネイを助けてくれてありがとう。あれからずっと後悔していたんです。ふがいない己をどれほど憎み呪ったか」

「今頃は無事に村に帰ってるさ」

「彼女はああ見えてもろいですからね。私のようにはいかなかったのでしょう」

寂しさの混じる悲しそうな表情を浮かべた。

二人は特に仲が良い。セインに洗脳されていたとは言え、何もできなかったことを強く悔いているのだろう。

「でも、ネイはずいぶんと心配してたぞ」

「あの子にもこの性格は秘密にしてましたからね。ほら、我が家は聖職者の一族でしょ、慈愛を与える側の人間になる為、色々と矯正を受けてきました。でも、その反動でよりねじ曲がった気はしてますけどね」

あー、まてよ、小さい頃のこいつって結構やんちゃだったよな。外見は男っぽかったし、すぐにネイと殴り合いをして泣かせてたっけ。

すっかり鳴りを潜めてたから忘れてたが、ソアラは元々喧嘩《けんか》っ早《ぱや》い人間だ。

「これからどうするつもりだ。もし行くところがないならウチに来るか」

「遠慮します。今の私では貴方の隣に立つ資格はないでしょうし」

「そんな、資格なんて必要——あげ!?」

いきなり空のボトルで頭をぶん殴られた。

頭の上で粉々になり、大量のガラス片が床に散らばる。

「ないといったらないのです。今はまだ。少なくとも一年はお清めを行い、神に許しを請う祈りを捧《ささ》げ、贖罪《しょくざい》の奉仕活動をしなくてはなりません。そして、偽りの愛を打ち消す為に、真の愛を己の中で再確認しなくては」

「何を言ってるのかわからん」

というかボトルで殴るなよ。

少し前のソアラだったら「めっ」と言って叱ってくれたのに。

レベル300台なんて言ったのは早まったか。

「トールのおかげで少し落ち着きました。ずいぶんとはしたない姿を見せてしまいましたね。申し訳ございません」

「別に構わないが……」

「貴方は変わらないですね。いつだって揺るぎなく堂々としている」

いやいやいや、めちゃくちゃ揺らいだよ。驚きすぎて反応に困ってるだけだから。

でもさ、この方が俺にとっては良かった。ソアラの心が壊れなくて。

「もちろんセインを殺すのですよね？」

「そのつもりだ」

「でしたら、私は最寄りの教会で祈りを捧げます。罪深き者に裁きを与えなければ。あの男は私とネイの心と体を踏みにじりました。神の僕《しもべ》たる聖職者に手を出したこと、心の底から後悔させてやります」

再び黒いオーラが噴き出し、持っていたグラスを粉砕する。

カエデとフラウは恐怖から俺に身を寄せた。二人ともずっと黙って話を聞いていたが、やはり今のソアラには慣れないようだ。

ソアラの怒りはもっともなのだが、もう少し落ち着いてもらいたい。

「安心して眠くなりました。少し休ませていただきます」

「あ、ソアラ」

「なんですか？」

彼女は振り返る。その姿は未だにぼろきれを纏ったままだ。髪も顔も汚れていて見栄えは良くない。しかも白い胸元がよく見えていた。

「明日、服を買いに行くか」

「服……？　あ!?　そ、そうですね！　お願いします！」

彼女は開いた襟を両手で隠す。

それから顔を真っ赤にして逃げるように去って行った。

恥ずかしさを思い出してくれて良かった。ちょっと目のやり場に困ってたんだよ。

「ごしゅじんさま～！　ごしゅじんさま～!!」

「なんだよ!?」

「ソアラって胸が大きいわよね」

「誤解だ！」

カエデに泣きつかれ、フラウにジト目で見られる。

そりゃあ確かにちら見していたが、あれは男なら自然な反応だ。どちらかと言えば俺の理想はカエデの――って何考えてんだ、俺。

とにかくカエデを抱き寄せて頭を撫でてやった。

◇

聖職者らしい姿となったソアラが教会の前で一礼する。

「またトールには恩ができましたね」

「まぁ、気にしないでくれ」

「いいえ、大事なことです。私は貴方が幼なじみであり……であることを心から幸せに感じています」

「ん？　なんて？」

ぎゅむ、つま先を踏みつけられる。

つまり余計なことは聞くなと。

だんだんとソアラの本当の性格が分かってきた気がする。よく今までバレずにやってこられたものだ。今回の件がなければたぶん、一生騙されてたと思うぞ。

彼女はカエデへと向き直る。

「トールをよろしくお願いします。この人は荒っぽくて、周囲のことなんかほとんど気にしない人ですが、実はとても優しくて傷つきやすい。どうか支えてあげてください」

「はい。ご主人様にどこまでも付いていくつもりです」

「ちょっと、フラウを忘れてない！」

「そうでした、貴方にもお願いしておかないと」

カエデとフラウの手を、それぞれぎゅっと握り深く一礼する。

これでしばしお別れか。

ソアラはこの教会で数ヶ月ほど過ごしてから、バルセイユの教会本部へと向かうそうだ。すでに旅の資金も渡している。それに加え、ジョナサン宛の手紙も渡してあるので、バルセイユまで無事に送り届けてもらえるはずだ。

できれば直接送り届けたかったが、ソアラが断ったのだ。

そんな暇があるならウンコクズを追え、なんて腹パンされた。

「そうそう！　忘れていました！」

「うぉ!?」

ソアラに腕を摑まれ強引に引っ張られる。

どこへ行くのかと思えば、行き先はこの街の奴隷商だった。

彼女は俺を奴隷商へと突き出す。

「彼を主人とし、主従契約を行いなさい」

ええええええええっ!?


ソアラが満足そうに胸元を撫でている。

結局、俺は彼女の主人となった。もちろん奴隷からは解放しているので契約のみだ。

助けることができて喜ぶべきなのに、やけに背中が重く感じる。

ネイの話をしたのが不味かったのだろうか。一応、ネイと同様に『生きてくれ』と命令はしたが、果たしてソアラに必要だったのか疑問だ。いや、きっと必要だったに違いない。

ソアラは繊細で優しい女性だ。あんな態度だったが、あえてそう見せていただけなんだ。

なのになぜ……蛇に巻き付かれたような気がするのだろう。

「本当に良かったのか」

「これでいいのです。神もお許しになるでしょう」

俺としてもできれば許してもらいたい。

天罰なんて御免だ。

というか、今さらながら幼なじみと主従契約をするなんて、人としてどうなんだ。ネイの場合はやむを得なかったが、ソアラの場合は……。

いや、拒否すれば何をされるか分からない。これで良かったんだ。そう納得しよう。

「トール達はもう旅立つのですね」

「猶予があるとは言え、あまりのんびりもできないからな」

「では忠告をしておきます」

ソアラは耳元に口を寄せて囁《ささや》く。

「リサは――裏切り者です」

意味が分からず顔をしかめる。

リサが裏切り者？

どう言う意味だ??

「ずっと感じていました。あの子からは私と同じ臭いがすると」

「臭い？」

「ええ、偽りの臭いです」

ソアラの顔は冗談を言っているようではなかった。

真剣にリサを疑っている。俺にはそう感じられた。

「覚えていますか、あの子が村にやってきた日のこと」

もちろん覚えている。あれは俺が十四の頃。リサが村に引っ越してきた。ほぼ同時期にセインが引っ越してきて、俺達はすぐに打ち解けたんだった。

リサもセインも大きな街からやってきたらしく、ずいぶんと垢抜《あかぬ》けていたような印象がある。だから俺はセインに憧れを抱いた。なんでも知っていて、なんでもそつなくこなし、俺達よりも大人だったたから。

リサもお嬢様然としていて出会った瞬間に一目惚《ひとめぼ》れした。

付き合えた時は天に昇るような気分だったよ。人生で最高の瞬間とか思ってた。

「私はあの子を見た瞬間に『同類』だと感じました。だから最初は友人になるのをためらったのです」

「証拠は」

「ありません」

リサが偽っていると？

そんなまさか。

……でも、俺はソアラの本当の姿を見破れたか？

ソアラと同様にリサもまた、本当の姿があるとしたらどうする。俺は鈍感だ。自覚している。

だから嘘でも真実のように思ってしまう可能性がある。

「きっとネイも勘づいていたはずです。ですが、貴方に諦めろと強く言えなかったのでしょう」

「でもソアラとネイの勘違いだったら」

「ないともいいきれません。だから、自分自身で確かめてください。トールがかつて愛した女の真の姿を」

ソアラは俺の右手を両手で包む。

「忘れないで。貴方には、貴方を信じ、支える人達がいることを」

「……ああ」

にっこりと微笑んだソアラは、静かに頷き教会の中へと入って行った。

右手にはまだ、温かさが残っていた。

◇

「ごしゅじ～んさま～」

寝転がる俺を、カエデが笑顔でのぞき込む。パン太もひょこっと顔を見せた。

「考え事ですか?」

「ソアラについてな」

「契約の件ですね」

納得したのか、うんうんと頷く。

彼女は俺の頭をそっと持ち上げ膝枕をしてくれた。

「ご主人様はお強くお優しい方ですから、ソアラさんもつい甘えてしまったのでしょう。契約とは深い繋《つな》がりですから」

「経験談か？」

「はい。主従契約、それ自体は人の欲望を具現化したような嫌悪すべき魔法です。ですが、同時に使い方次第で、何物にも代えがたい素晴らしいものになる可能性も秘めているんですよ」

カエデは胸の紋様にそっと手を添える。

まるで愛《いと》おしいものに触れるように。

「これはご主人様との絆《きずな》です。これがあったから私はここまでこられた。きっとこれからも、これがあるから強くなれる。そう思うんです」

「契約は絆か……」

そんなこと考えたこともなかった。主従契約は人を従わせる、忌むべき古の魔法だとずっと思っていた。カエデといるといつも新しい発見がある。

俺の方こそ、カエデが傍にいてくれることで救われている、と感じているんだ。

「ねぇ、カエデ、なんか焦げ臭くない？」

「えっ!?　あっ!!」

するりと俺の頭を地面に置いて、カエデは走って行く。そういえば昼食を作ってくれていたのだったな。今日のスープは苦そうだ。

カエデにはああ言ったが、実はリサについても頭を悩ませている。

ソアラの言葉が引っかかっているのだ。

『ずっと感じていました。あの子からは私と同じ臭いがすると』

もしリサに本当の姿があるとしたら、俺はどうするべきなのだろう。ありのままを受け止めるべきなのか。そもそもそれは本当に事実なのか。だいたい、リサが裏切り者というのがよく分からない。誰をどのようにして裏切っているのか判然としない。

あー、くそ。もういい、会えば分かるだろ。

一人でごちゃごちゃ考えたって、どうしようもないんだ。

「ごしゅじんさま～！　ごはんですよ～！」

「ありがとう、今行く」

体を起こしてカエデ達の元へと向かう。

すんすん。確かに少し焦げ臭いな。でも、可愛い奴隷が作ったものならなんだって美味い。多少焦げていても気にはしないさ。

渡された器には、真っ黒い液体が入っていた。

「カエデ！　これ真っ黒じゃない！」

「すみません。思ったよりも焦げていました」

「気にするな。誰にだって失敗はある」

スープを口に入れる。うっ、スゲぇ苦い。

舌が痺《しび》れるような苦さだ。器のスープを一気に掻き込む。それから鍋を摑んで勢いのまま流し込んだ。

「美味い！　カエデの料理はいつも美味いな！」

「ごしゅじんさま……ごしゅじんさま～!!」

カエデが抱きついてきて、胸にぐりぐり顔を擦り付ける。

頭を撫でてやると、目がうるうるしていた。

「うえっ、苦すぎでしょ。主様よく食べたわね」

フラウもそう言いつつスープを飲み干す。それから口直しとばかりに、荷物からクッキーを出してポリポリ食べていた。

「ご主人様は私のご主人様ですからね」

「なんだ急に」

「リサさんには渡しません」

ぎゅぅ、と俺の体を強く抱きしめる。彼女なりの強がり、なのだろう。

あの日以来ずっと隣にいたのはカエデだった。支えていたのはリサではなく、自分だと言いたいのだ。

分かってる。分かってるさ。死ぬまで傍にいてもらいたいって言ったのに嘘はない。どこまでも付いてきたいと言うのなら、どこまでも付いてきてもらうつもりだ。お前は、俺の自慢で、一番の可愛い奴隷なんだ。

だからリサのことで揺るがないでもらいたい。

またあの日のように、捨てられるかもと考えているのだろうか。

「大丈夫だ、一緒にいるから」

「ごしゅじんさま」

俺から、力強く抱きしめる。ぱたぱた。カエデの尻尾が揺れ始めた。

ほんと分かりやすいな。鈍感な俺にはありがたい。

「そうだ！　ご主人様に良い物があるんです！」

がばっ、勢いよく離れたカエデはリュックを漁《あさ》り、すぐに戻ってきた。差し出されたのは黒っぽい塊。石ころには見えないが、食べ物にも見えない。

「それは、ちょこれいとというお菓子だそうです」

「ほう」

口に入れてみる。それはすぐにとろけ、ほどよい甘味と濃厚なねっとり感のある独特の風味が口の中に広がる。

なんだこれ。初めて食べる味だ。

「どうです？」

「衝撃的な美味さだ」

ぱぁぁ、と表情が明るくなる。カエデはもう一個つまみ上げ、俺の口へと差し出す。

ぱくっ。食べたのはフラウだ。

カエデの指まで口の中に入れて、しばらくあむあむする。

「おいひい！」

「ちょっと、フラウさん！」

「いいじゃない、けちけちしなくても！」

「もうっ」

逃げるフラウをカエデが追いかけた。

第四章　＞＞＞　戦士は元親友と再会する

青空に広い草原と地平線にまで延びる道。

俺達《たち》は道なりに進み続けていた。いつもの通りマイペースに。

「きゅっ」

「あぶっ!?」

いきなりパン太が顔面に突撃してきた。

視界が真っ白になり、道のど真ん中で背中から大きく転ぶ。パン太は怒っているらしく、顔の上で何度も跳ねる。ただ、柔らかいので逆に気持ちが良い。スヤァ。

「パン太が寝るなって怒ってるわよ」

「お、おお、悪い」

起き上がって説明を求める。

「きゅ、きゅう、きゅきゅ！」

「わからん」

何かを訴えているのだが言葉が理解できない。それとなく話の通じるフラウに目を向ける。

「えっとね、最近ちゃんと構ってくれないから不満が溜《た》まっている、らしいわよ」

「よく分かるな」

「なんとなくだけどね」

と言うわけで適当な木陰に座り、パン太に構ってやることにした。ふわふわの体をわしゃわしゃしてやり、そこからお尻（?）の辺りを軽く叩《たた》いたり撫《な》でたりする。

「きゅう〜」

「なんて言ってる?」

「もっと、って」

よし、だったらこれはどうだ。抱きしめて優しく撫でてやると、目がとろーんとなってきた。

「ご、ごしゅじんさま」

なぜかカエデが尻尾を差し出す。顔を赤くして恥ずかしそうにしていた。

まさか自分も同じようにしてもらいたいと?

「いいな、いいな、フラウも尻尾があったら良かったのに」

「これは……私の特権です」

珍しくカエデが強い自己主張をする。

フラウは「羽を愛《め》でてもらう方法は?」などとぼやいていた。

眠り始めたパン太をそっと横に置き、カエデの尻尾をさわさわする。毛並みはさらさら、指通りが良く触っていて気持ちが良い。毎日、ブラッシングしているのは知っていたが、積み重ねでこうも変わるのか。

表面は光を反射していて美しい。

なでなで。さわっ。

「そこは――!?」

違う箇所を撫でる度に、カエデは顔を両手で覆い恥ずかしそうだ。段々呼吸が荒くなっているので、そろそろ止《や》めるとするか。

だが、最後に一つだけやってみたいことがある。

「ひゃん!?」

「ふがふが」

尻尾に顔を埋《うず》める。前々からこれをやってみたかったんだよ。モフモフの尻尾を見る度にそんなことを考えていた。

あー、きもちいい。さいこうだ。

「主様《あるじさま》！　もうカエデが耐えられないわよ！」

「へ？」

「はきゅう～」

ばたりとカエデが倒れる。

やりすぎたらしい。顔が真っ赤だ。


「――んん」

「ようやく起きたか」

背中のカエデが目を覚ます。ずいぶんと気持ち良さそうに寝ていたので、背負って移動することにしたのだ。すっかり太陽は傾き日が暮れようとしている。

「すみませんご主人様！　すぐに下ります！」

「もう少しだけ背負わせてくれ」

「……はい」

あの頃とはずいぶんと違う重さだ。不思議と今の方が軽く感じる。

「すんすん」

これ、後頭部の臭いを嗅がれてないか？

「ごひゅひんひゃまのあたまのひおい」

「あ、こら」

頭の後ろをすりすりされてくすぐったい。首に腕を回されぎゅっとされる。

俺の頭皮なんか嗅いでも汗臭いだけだろうに。それとも嗅覚が敏感だと違った匂いに感じるのだろうか。

「おーい！」

「きゅう」

パン太に乗ったフラウが戻ってくる。実は軽く道の先を見てきてもらったのだ。そろそろ街に到着するはずなのだが。じゃないと今夜も野営をしなくてはいけない。

「向こうに街があったわよ。すんごい大きくて頑丈そうな街が」

しばらく進むと彼女の言った通り街が見えてくる。

高く広い外壁に囲まれ、街全体が城のようだ。あれこそが城塞都市ラワナ。最も暗黒領域に近い街である。

「ちょっと、カエデだけずるいじゃない」

「ごひゅひんひゃま～」

「フラウも！」

「おい、そこは」

フラウが服の中に潜り込んで動き回る。すると、パン太までもが強引に潜り込んできた。

やめ、やめてくれ、くすぐったい。

「あひゃ、ひゃひゃひゃ」

身をよじりつつ笑いが止まらない。頼むから中から出てくれ。なんとか街の入り口まで到着すると、門を守る兵士に止められる。

「怪しい奴《やつ》らめ！　身分証明書を見せろ！」

「うひゃひゃひゃ」

「笑うな！　ふざけているのか！」

「いひ、ひひひひ」

ちがう、うちのパーティーメンバーが。馬鹿、やめろって、そこは、わざとやってるだろ。

「不審者だ！　捕らえろ！」

「こいつ、服の中がもこもこ動いているぞ!?」

兵士達が集まり周囲を囲まれる。

「あれれ、出口が分かんないわ」

「きゅ」

「おふっ、そこはだめだ！」

「何がダメなんだ。洗いざらい白状させてやる」

兵士に捕まり街の中へと連行される。

がしゃん。牢屋《ろうや》に放り込まれ鍵を閉められた。

「こいつは魔族に違いない。なんて怪しい奴なんだ」

「ずっとニヤニヤしてやがる。不気味だぜ」

「うひっ、うひひひっ」

「「…………」」

兵士が牢の前から立ち去り、カエデをそっと下ろす。彼女はくたんと床に座り込み惚《ほう》けていた。

どれだけ俺の頭の臭いを嗅いだんだ。

それよりも！

服の中に手を突っ込んで問題児を引っ張り出した。

「うわっ」

「きゅう」

ころん、一人と一匹が床に転がる。

よくもやってくれたな。十倍にしてお返しだ。

「あひゃひゃひゃひゃひゃ！」

足をジタバタさせているが、容赦しない。フラウの脇腹を全力でさわさわする。

お前のせいで牢屋に入ったんだ。反省しろ。

「むり、しぬ！　ひゃひゃひゃひゃ！」

「これくらいにしておいてやる」

「はぁ、一生分笑った気がするわ……」

しかし、どうやって誤解を解こうか。困った。

ごろんと床へ横になった。


「ほらよ、今日の飯だ」

兵士が食事を運んできてくれる。どうやら取り調べは明日になったらしく、今夜は牢で過ごさなくてはいけないらしい。

パンとスープだけの質素な食事。しかも二人分しかない。

「できればもう一人分欲しいんだが」

「贅沢《ぜいたく》言うな。出してもらえるだけでもありがたく思え」

若い兵士は牢の前の壁に寄りかかり呆《あき》れた様子だ。歳《とし》はまだ十七か十八くらいだろう。激務なのか疲れた様子だった。

「カエデとフラウで食べろ」

「でもご主人様」

「主様が食べてよ」

「命令だ」

渋々二人は食事を始める。俺は鉄格子の近くに移動し腰を下ろした。

こんな状況になったが、せめて情報収集くらいはしておきたい。兵士ならこの街やさらに先にある最前線について把握しているだろう。

「砦《とりで》は落とせそうなのか」

「さぁな。守りが堅くて苦労してるらしいぜ」

「勇者は来てるのか？」

「あー、あの噂《うわさ》の勇者ね。どうだろ、最初はちやほやされてたが、活躍している話はまったく聞かないな」

つまりセイン達もここに来ていて、足止めを食っているということか。

ようやくはっきりと背中を捉えた。

もうすぐ会える。ネイとソアラを傷つけたあのクソ野郎に。

「あんたもバカだな、街の入り口であれだけ目立てば捕まるに決まってるだろ。ただでさえ魔族が活発化しててピリついてるんだ。もうちょい考えて行動した方がいいぜ」

「あれは俺のせいじゃないんだよ。もう言っても仕方がないが」

「ははっ、そりゃあお気の毒に。明日にはきちんと取り調べも行われるから、そこで説明しろよ。てか、そういえばあんたの身分証明書とか見てないな」

あ、そういえばそうだ。兵士達も忙しかったのか牢に入れるだけだったし。

懐に手を入れて冒険者カードを探す。兵士の視線が腕輪に向いた。

「おい、ちょっと待てよ、その腕輪もしかして英雄の証《あかし》か？」

「うん？　ああ、そういえばそうだったな」

彼に取り出した冒険者カードを見せる。

「漫遊旅団……あの噂に聞く漫遊旅団なのか？」

兵士はわなわなと震え、大きく目を見開いて俺達を確認する。

どのような噂が流れているのか知らないが、たぶんその漫遊旅団だ。反応から見るに尾ひれの付いた碌《ろく》でもない噂だろうが。

若い兵士はカードを持ったまま走り去った。

数分後、どたどた複数の足音が響き、牢の前に三人の兵士がやってくる。指揮官らしき中年の男性は顔が青ざめていた。

「失礼いたしました！　まさかアルマンの英雄だったとは！」

牢の鍵が開けられ扉が開かれる。出ていいってことか。

しかし、俺はそれをやんわりと拒否した。今ここを出されても宿を取れないので野営するしかない。少々汚いが一夜を明かすだけならここで充分だ。

「出ないのですか!?」

「それよりももう少し食事を出してもらえないか」

「ただちに！　おい、すぐに失礼のない食事をご提供しろ！」

「はっ」

兵士達は牢の中の掃除を始め、テーブルと椅子を運び込む。さらに三十分ほど経過して大量の料理を載せた台車が到着した。メインは牛肉のステーキ。焼きたてで良い匂いがする。ワインまで用意され、どこから調達してきたのか装飾が施された燭台《しょくだい》まであった。

「どうでしょうか、満足していただけたでしょうか」

「もちろんだ。それとこれ」

兵士に金貨を数枚渡す。

「今日の宿泊費だ。みんなで良い酒を飲んでくれ」

「さすがは英雄。ありがとうございます」

多めに渡したので、大人数でもそこそこ飲み食いできるはずだ。

満腹になった後は皆でぐっすり眠った。

◆◆◆

城塞都市ラワナへと到着した。

ここは魔族と最も激しい戦いを繰り広げている街だ。馬から下り、地に足を着ける。街の入り口に立つ兵士に冒険者カードを見せた。

「おおおっ、勇者様でしたか！　どうぞお通りください！」

「そうさせてもらう」

街の中では多くの兵士や騎士を見かける。彼らは僕には目もくれず足早に通り過ぎて行く。

ここに勇者がいると知れば、彼らはどのような顔をするのだろう。さぞ驚くに違いない。慌てて跪《ひざまず》き喜びに涙するはずだ。

だが、あえてバラさないでおく。自ら勇者だと名乗るのは愚であると気が付いたのだ。

やはりさりげなく正体がばれる方がいい。もっと言えば、僕が勇者だと強調されるトラブルでも起きてくれれば最高だ。

「ねぇ、セイン。そろそろちゃんとした聖職者が欲しくない？」

「そうだなぁ。確かにソアラは足手まといになってきたかな」

「えぇ!?　二人とも何をおっしゃるのですか!?」

「実はね、新しい聖職者の目星を付けてるの。もちろん女よ」

「それはいいね。さすがリサだ」

リサの提案は良いタイミングだった。

僕のレベルはすでに70台、リサも50台。未《いま》だ40台のソアラは少々成長が遅い。

それに保守的な性格が、度々足を引っ張ってきた。そこそこ顔も体も良いが、世の中には聖職者はごまんといる。わざわざこいつを使い続けるメリットは薄い。

第一、もう飽きたんだよ。リサは僕の最高の女だから捨てる気はさらさらないが、ソアラはもうどうでもいいかな。

「でもセインのことを言いふらされるのは困るわよね」

「じゃあ奴隷商に売るか」

「それいいわね。そうしましょ」

「セイン、リサ……あなた方は何を……」

僕はソアラの腕を摑《つか》んで奴隷店へと入った。出迎える奴隷商にソアラを突き出す。

「こいつを買ってくれ」

「では少し見させていただきますね」

「セ、セイン!?」

ソアラは店の奥へ連れて行かれた。

数分してから奴隷商が、ソアラを連れて笑顔で戻ってくる。

「非常に良い品ですね。ところで、状態異常が出てますが……?」

「買い取り金額から四割引いてくれ」

「……なるほどなるほど、かしこまりました」

商人は腰を低くして気持ちの悪い笑みを浮かべる。

ソアラは奴隷としては価値の高い女だ。金に意地汚い奴隷商がいちいち洗脳など気にするはずがない。

「セイン、どうか考え直してください」

「五月蠅《うるさ》いぞ。いい加減自分の運命を受け入れろ」

「――!?」

ソアラはうつむいて「はい」と力なく述べる。

そう、それでいいんだよ。ウザい女は僕は嫌いだ。勇者の隣に立てるのは最高の女だけだ。僕と幼なじみってだけで特別になれるとでも思ったか。笑わせてくれるよ。お前は最高のハーレムを作るまでのつなぎでしかないんだからさ。

カウンターに金の入った革袋が置かれる。量でいえばそこそこありそうだ。

値段なんてどうでもいい、奴隷になってどこかで壊れてくれればそれで満足さ。

「後のことはよろしく」

「ありがとうございました。またのお越しを」

リサを連れて店を出る。

「あれよ」

「……ふぅん」

酒場の隅に女がいた。深くかぶったフードから覗《のぞ》く整った容姿。

体全体から色気を醸し出しており、露出した深い胸の谷間が目をひく。まさに僕好みだ。しかもレベルは60台。直接手に入れるより他人から奪う方が気分が良いが、この先の本格的な戦闘を考えれば贅沢は言っていられない。

さりげなく目の前の席に座った。

「やぁ、今は一人かな?」

「そうだ」

「見たところ聖職者のようだけど、もしよかったら僕らとパーティーを組まないか」

目を合わせ誘惑の魔眼を使用する。

だが、横からリサが割り込んできて視界が遮られた。

「貴方《あなた》名前は?」

「ミリム」

「へー、良い名前じゃない」

一瞬だったがそれでも魔眼の効果はあったはずだ。焦る必要はない。これから徐々に重ねがけをして洗脳して行けば良いんだ。

「返事だが、お前のパーティーに入ろう」

「うん、良い返事だね」

やはり効果はあった。態度が少し軟化した気がする。そこで彼女の右手にはまっている指輪に目がいった。

「綺麗《きれい》な指輪だね」

「これは恋人にもらった物だ。もういないが」

「冒険者だったのかな」

「ああ、良い人だった」

それを聞いてゾクゾクする。

ああ、失った恋人を想《おも》い続けるその心、なんて綺麗なんだ。それを僕の物にできるなんて最高じゃないか。我慢するどころか、むしろこの子以外に考えられないよ。

「じゃあさっそく宿でこれからの話をしようか」

「ああ」

彼女は素直に応じる。

ふひっ。

◆

轟《とどろ》く爆音と怒声。兵士達が魔族の砦を落とそうと攻め続ける。堅牢《けんろう》な城塞は魔法でもびくともせず、暗黒領域への道を塞ぎ続ける。

入り口を守るのは六将軍の一人デナス。

大曲刀を操り兵士をゴミ屑《くず》のように容易に切り飛ばす。

「うぉおおおおおおっ！」

「ほう」

聖剣と大曲刀がぶつかり合った。デナスは僕を見て口角を僅かに上げる。

「勇者だな？　ようやくお出ましか」

「デナス！　お前は僕が倒す！」

「意気込みは良い。して、その実力はどうだろうか」

呼吸を短く、剣撃を鋭く、一撃一撃に渾身《こんしん》の力を乗せる。

だが、デナスは片手で容易に防ぎ続けた。

くそっ、こいつ強い。だが、倒せば間違いなくレベルは跳ね上がる。もう漫遊旅団に手柄を奪わせはしない。

「リサ！」

「フレイムアローズ！」

一気に後退、直後に奴へ炎の矢が降り注いだ。

「効かんな」

煙の中からぬらりと姿を現す。やはり火傷《やけど》一つ負っていない。今のうちに聖剣の力を解放しておかなければ。

聖剣の能力によってレベル72から四割上昇して１００となった。これで奴とまともに戦えるはず。

さらに強化系スキルを上乗せして再び攻勢に出た。

「むっ、これは片手では不味《まず》い」

「はぁぁあああああっ!!」

強烈な一撃が奴の剣を真上に弾《はじ》く。ずるり、デナスの足が滑り後ろへと僅かに下がった。いける。勝てる。やはり僕こそが勇者なんだ。さらに速度を上げて打ち込み続ける。

「ほう、勇者なだけあるな」

「ミリム、僕に回復をかけ続けろ!」

「承知した」

このまま勝利する。スタミナを回復できるミリムのスキルなら、一日中だって戦い続けることができる。一方、デナスは単身で相手をしている。たとえレベルでは負けていても、奴も体力には限界があるはずだ。

「ふんっ」

「っつ!?」

強烈な斬り上げを剣で受け止める。

逃しきれなかった衝撃で、僕は後方へと大きく弾き飛ばされた。

「この程度で闘志は折れていないだろう? さぁ、まだまだやるぞ。こい、勇者よ」

「望むところだぁあああ!」

僕は再び勢いよく駆け出す。

「はぁ……はぁ……」

「ほら、早く立て。まだ終わっていないぞ」

くそっ、気味が悪い。いくら挑んでも倒せず、かといって僕を殺しにも来ない。

まるで遊ばれているかのようだ。

だが、手応えはある。幾度か首を落とせそうな瞬間があった。あと一歩、あと一歩足りない。ひとまず今日のところは撤退だ。数日中の内に必ず倒す。覚えていろ。

「逃げるのか勇者よ」

「違う！　今日のところは見逃してやるだけだ！」

「くくく、そうか。自分は見逃されるのか」

「笑うな！　次は必ず殺すからな！」

僕らは全力で後方へと下がった。

◇◇◇

翌日の早朝、牢から出された俺達は朝日を見ながら背伸びをする。

「やっぱり石の寝床は体に良くないな」

「私はご主人様と一緒ならどこでも嬉《うれ》しいです」

「ふわぁ〜、ねむぅ」

「きゅうぅ」

カエデの笑顔にこちらの表情も緩む。

フラウとパン太はあくびをしていていつもと変わらない雰囲気だ。

できれば今夜はベッドで眠らせてやりたいが、そうはならないかもしれないな。なにせここにはアイツが来ている。

恐らく今日は俺にとって、この先の運命が決まる日だ。

勇者を殺せば大きな罪となり、相応の罰が与えられるだろう。たとえ情状酌量の余地があっても軽くはならない。どう転んでも死刑だ。

もしそうなった時は……カエデ達を解放しよう。

今なら多くの物を残せる。

どこへ行こうとそれなりに幸せな生活をおくれるはずだ。

◇

城塞都市ラワナからそう遠くない場所には、巨大な外壁がそびえ立っている。

魔族側とヒューマン側を隔てる壁だ。そして、その先に最前線である戦場があった。遥《はる》か地平線の先、暗黒領域への入り口に城塞が立ち塞がる。

知名度があったことも幸いして、俺達はあっさりと壁を通過。

ヒューマンの軍がいる野営地へと訪れる。

無数のテント群へと入ると、槍《やり》を持って駆けて行く兵士達を見かけた。空気はぴりつき緊張が横たわっている。正直あまり長居したいとは思えない雰囲気だ。

どんっ。遠くで爆音が響く。砦を落とす為《ため》に多くの魔法使いが駆り出されているようだ。

「状況は？」

「芳しくありません。六将軍のデナスが猛威を振るい、城塞の入り口を突破できないようです」

「勇者はどうしている。その為に来たのだろうが」

「デナス相手に連敗中です。現在も戦っているかと」

「くそっ、これではいたずらに犠牲を増やすだけだ！　もっと力を持った者はいないのか！」

フルアーマーにマントをつけた男性が怒鳴っている。察するに戦況はあまり良くないらしい。彼は俺達を見てムッとした顔をした。

「何者だ。ここは軍以外の者は来られないはずだぞ」

「漫遊旅団という冒険者パーティーだ。勇者を探しに来た」

「……漫遊旅団？」

男性は俺の元へ駆け寄り右手を掴んだ。

気味が悪いくらいの満面の笑みに僅かだが俺は身を退《ひ》く。

「いいところに来てくれた。貴殿らのような高名な英雄を待っていたのだ。いやぁ、これで戦況は大きく変わるぞ！」

「あの、勇者をだな」

「勇者殿をお捜しならあの魔族の砦に行けばよい。ついでに攻め落としてくれても構わんぞ。だはははっ！」

なんなんだこの人、やけに調子が良いな。

だが、セイン達の居場所が分かったのならどうだっていい。砦も邪魔になるので言う通り落とすつもりだ。これから俺は元親友と相対する。いかなる横槍《よこやり》も入れさせるつもりはない。

男性に一礼して砦へと向かう。

巨大な城塞へ取りつこうと兵士達が群がっている。

無数の投石機が岩を投げるが、壁は高く分厚く跳ね返されてしまう。大量のゴーレムが前に進むも、城塞から放たれる矢や魔法によって半ばで砕け散っていた。

これが本当の戦場かと緊張を抱く。

冒険者は所詮アマチュアだ。兵士や傭兵《ようへい》のように常に対人戦用に鍛えているわけではない。

「ご主人様、あそこにいます」

「……あれか」

城塞の閉ざされた入り口。そこで激しい戦闘を繰り返す集団がいた。

俺は背中の大剣を抜く。

「パン太、戻れ。ロー助、出ろ」

「しゃ！」

刻印にパン太を戻し、ロー助を出す。

さらに使役メガブーストを発動。

めきめきめき。ロー助の体が三倍ほどに膨れ上がり、体中から鋭く大きな刃を無数に出現させた。

空中でうねる銀色の体は眩《まばゆ》いほど光を反射する。

「軍に加勢してやれ」

「しゃぁあ！」

ロー助は降り注ぐ矢を物ともせず、短時間で敵城塞へと到達。外壁の上にいる魔族の兵をみるみる戦闘不能にして行く。

「カエデ、入り口周辺を掃除してくれ」

「はい」

扇を開いたカエデは、軽く舞い、突風を巻き起こす。

敵味方問わず、俺達から入り口までの障害物が綺麗に消えた。

「フラウ、あの門を破れるか」

「いけるわよ！　ばっちり粉砕してくるから見てなさい！」

真上に飛翔《ひしょう》したフラウは、そこから流星のごとく門へと突撃した。

ど、がんっ。轟音《ごうおん》が響き城塞の門が吹き飛んだ。そこから兵士達が、門の前にいる勇者達を避けるようにして城塞の中へとなだれ込む。

俺はカエデと共にセインの元へとゆっくり歩みを進めた。

「どうした勇者、早く立ち上がれ。まだやれるだろう」

「うぐっ……なんなんだこいつ……」

セイン達はぼろぼろになって地面に片膝を突いていた。

対するは巨大な曲刀を握る巨軀《きょく》の魔族の男。頭部には太い二本の角があり、黒髪はオールバックにされている。あれが話に聞く六将軍の一人デナスだろう。赤紫色の大曲刀は、魔剣らしく禍々《まがまが》しく鼓動をしていた。

ちなみにダームの所持していた斧《おの》だが、あれは戦闘後に光の粒子となって消えている。あの曲刀も倒した後は消えるのだろう。

デナスの視線が、セインの後方にいる俺達へと向いた。

「この強者《つわもの》の気配、並々ならぬ実力に血肉沸き立つ。もういい、お前達には興味が失《う》せた。自分はあの男と刃を交えさせてもらう」

「おい！　戦っているのは僕だぞ！」

「雑魚に用はない。どうせやるならきちんと殺せる相手だ」

「何を言って——!?」

セインが振り返り、俺と目を合わせた。

「トール、なぜここに!?」

「久しぶりだなセイン」

抑えていた怒りが烈火のごとく噴き出す。脳裏をよぎるのはネイとソアラの顔。

だが、感情に任せていきなり斬りかかることはしない。

何が真実で何が嘘《うそ》だったのか。それを知る為にも俺は、元親友と言葉を交わす必要がある。

デナスがセインの横を通り抜け、俺の前へとやってきた。身長は二メートルほど。ダーム以上に威圧感があった。

「名は？」

「トールだ」

「自分はデナス」

「知っている」

次の瞬間、刃と刃が合わさった。

カエデには邪魔が入らないように周囲を警戒してもらっている。いかなる相手だろうと、この時この場所には入らせはしない。デナス、お前もだ。

剣を合わせる度に火花が散り、衝撃波が地面を舐《な》める。

ダーム同様レベルは１００を越えているらしい。もしかすると２００近くあるのではないだろうか。

「勇者でもない者が単身でここまでやるとは。面白い」

「本気でやったらどうだ」

大きく振り抜きデナスを下がらせる。

まどろっこしいのは嫌いだ。さっさと本気で来い。

「その台詞《せりふ》、吐いたこと後悔させてやろう」

ニヤリとしたデナスが大曲刀の力を引き出す。

剣から根っこのようなものが腕に潜り込み、肩から腕にかけて甲殻や棘《とげ》が出現する。さらに胸の辺りまで根は伸び、右の胸に大きな口が出現した。

気配がぐんと大きくなり、空気がよどんだ気がした。

「これで自分のレベルは２４０となった。もう少し戦いを楽しみたかったのだがな」

「いや、それくらいでちょうどいい」

「……なんだと？」

竜騎士とグランドシーフを同時発動。

さらに肉体強化スキルを発動。

そして、聖剣の力を解放。

Ｌｖ３０１から四割増加してＬｖ４２１に。


「信じられん、これほどのヒューマンがいたとは。ぐぼっ」

血を振り払い大剣を背中の鞘《さや》に収める。

どさり、と俺の後方でデナスが倒れた。

だが、すでに俺は奴を見ていない。見ているのは、腰が抜けて座り込むセインである。

――さぁ、話を聞かせてもらおうか。


元親友のセインは呆然《ぼうぜん》と俺を見上げていた。

なんだその顔、まさか俺がここにいることを不思議に思っているのか。

確かに追い出したはずのお荷物戦士と、戦場で再会することは驚くようなことなのかもしれない。

だが、お前がやってきたことを考えれば、俺が怒りを抱いて現れるのは至極当然じゃないだろうか。

「デナスをたった一撃……ありえない」

「…………」

「勇者である僕ですらまともに一撃も入れられなかったのに。何度も何度も戦い、さっきようやく傷をつけられたんだ。なのに、お前は、たった一撃だと」

セインがふらりと立ち上がる。剣は未だ右手に握られたままだ。

左手で口の端から垂れていた血を拭う。

その目は元親友に向けるような生暖かいものではない。殺気が籠もっていた。

「そうか、わかったぞ。トール、お前が漫遊旅団だな。どうやってその力を手に入れたのかは知らないが、リサを寝取られた腹いせにずっと邪魔をしていたんだろう」

「……なんのことだ?」

「とぼけるな。何度も何度も何度も僕の邪魔をしやがって。そんなにリサを取られて悔しかったのか。そうだよな、あいつとは結婚の約束だってしてたもんな。もう手遅れなんだよ、リサの全ては僕の物なんだ！」

瞬きもしない大きく見開いた目に、狂気のようなものを感じた。興奮した様子で声を荒らげる姿にかつてのセインは見えない。

いや、これがこいつの本性だったのだ。

優しく頼れるリーダーを演じていただけ。どんな時も仮面の下には醜い顔があったんだ。

リサと新しい仲間らしき女性は沈黙している。

「ネイとソアラから事情は聞いている。お前が誘惑の魔眼所持者だってこともな」

「あの二人と、会ったのか!?」

「二人とも無事だ。もちろん洗脳も解いている」

「くっ」

セインの顔が怒りに歪《ゆが》む。

まるで『なんでお前の元にいるんだ』とでも言いたそうだ。

「聞かせてくれ。どうして大切な幼なじみやリサや俺を裏切ったんだ」

「欲しかったんだよ全てを。金、女、地位、名声、全てを僕は手に入れたかったんだ。そうだな、それと他人が大切なものを奪われて、泣き叫ぶ姿も見たかったかな。ははは、ははっ！」

セインはリサの元へ走り、彼女の腕を摑んで戻ってくる。

目の前で見せつけるように腰に手を回した。目は愉悦に染まり、口角は鋭く上がる。俺が悔しがるのを待っているかのようだった。

だが、俺は無表情のままだ。

「おい、どうした。悔しがれよ。僕の前で盛大に泣きわめけって」

「………」

リサの顔を見ていた。別れた直後と変わらない姿。

今は俺に冷たい視線を向けていた。

「リサ、お前は洗脳されている」

「そう、でもそれでもいいわ。私はセインを愛してるもの」

「洗脳を解く気はないのか」

「ないわね。だって、ただの戦士に興味ないもの。私が求めているのは勇者であるセイン。貴方じゃないわ」

直後に、セインが俺の首めがけて剣を振る。

反射的に上体を反らし攻撃を躱《かわ》すと、後方へと飛んで距離を取った。

「もういいよ、死ねよトール！　死んで僕の邪魔をしたことを詫《わ》びろ！」

「違うな。お前がすべきなのは、ネイやソアラやリサに誠心誠意謝ることだ。それと、お前では俺は殺せない」

「馬鹿にしやがってっ!!」

地面を強く蹴って飛び出したセインは、斜め上から剣を振り下ろそうとした。

「ぶげ!?」

俺とセインとの間に素早く入ったカエデが、拳をおもいっきり奴の顔面にめり込ませる。

奴は吹っ飛び、無様に地面に転がった。

「どうしてご主人様の痛みが分からないのですか。親友に裏切られ、恋人を奪われ、幼なじみも奪われ、それでもまだ何かを信じようとしているあの優しい心を!」

「うぐ、よくも僕を……」

「私は悔しい。こんな男の愚行でご主人様が心を痛められていることに」

「カエデ……ありがとう」

振り返ったカエデは泣いていた。俺の腕の中に飛び込む彼女を抱きしめる。

知らなかった。彼女がこんなにも俺のことで胸を痛めてくれていたなんて。つい嬉しさのようなものを抱いてしまう。

カエデと出会って俺は救われた、そう思える。

「気持ちは嬉しいが、これは俺がつけなければならないけじめだ」

「承知しています。思わず手が出てしまいました」

俺はリサの元へと行き、懐から小瓶を取り出し栓を開けた。

これは洗脳を確認する薬だ。念の為に見ておかなければ。リサの頭から薬をかける。洗脳状態なら薄くピンクに光るはず。

「え、ご主人様、その人」

「なんだ？」

「ステータスに、状態異常がありません」

なんだって？

視線を前に戻し確認する。リサは薄《うっす》ら笑みを浮かべていた。

体は一向に光らない。

そんな、まさか、洗脳されていたはずじゃ。

「はっきりして嬉しいでしょ。そう、あんたを捨てたのは私の意思よ」

「ずっと洗脳されている……フリをしていた？」

「珍しく察しがいいのね。でもそれはある意味間違い」

リサは杖《つえ》を俺の腹部に軽く当てて囁《ささや》く。


「そもそもあんたを好きだったことなんて一度もないのよ」


轟音が響き、強烈な熱と衝撃が俺を吹き飛ばした。

一瞬、何をされたのか分からなかったが、すぐに強力な魔法を放たれたことに気が付いた。煙を纏《まと》いながら背中から地面に叩きつけられる。

「大丈夫ですかご主人様！　今、回復しますから！」

「すまない」

体を起こして立ち上がる。

見れば腹部を中心に服が焼け焦げていた。

ダメージを抑えられたのは、スキルと聖武具があったおかげだろう。信じられないのはあの魔法の威力だ。

リサはあんな魔法を使って見せたことは一度もないはず。

「今ので死なないなんて、思ったよりもレベルは高いわけね」

「リサ、なぜ攻撃を」

「邪魔なのよ、私の計画の。あんたの役目はもう終わっているのに、今頃になってのこのこ出てきて迷惑だわ」

「計画、だと？」

そこへフラウが戻ってくる。恐らく兵士達の手助けをしていて合流が遅れたのだろう。空からふわりと舞い降り、俺とリサを交互に見る。

「なんだか戻ってきちゃ不味かった雰囲気ね。というかなにあの女――んんん？」

フラウが眉間に皺《しわ》を寄せてリサをまじまじと見る。

カッ、と目を見開いた彼女は「看破！」と指さした。

その瞬間、リサの体がぶれる。

彼女の体から光の粒子が放出され、足下から姿が変わって行く。

違う。偽装されていたんだ。これから現れるのはリサの本当の姿。

光の放出が止まり、本当のリサが笑みを浮かべる。

外見はほとんど変わらない。だが、魔法使い然としていた服装は変わり、漆黒のドレスに身を包んでいた。さらに右手には禍々しい杖を握っている。

彼女は挑発的な目をして唇をペロリと舐めた。

「――魔王!? しかもレベル８００!?」

「なんだ、と」

カエデの言葉に耳を疑った。

リサが魔王だと?

あり得ない。あのリサが。

立ち上がったセインもリサの姿に動揺していた。

「リサ、その姿は?」

「驚いたかしら。そう、私が魔王なの」

彼女はセインに歩み寄り、そっと顎先に指を添える。

「私が貴方に全てを与えてあげる。世界を統べる王にしてあげるわ。そうなれば魔王を従える偉大なる勇者として歴史に名が刻まれるでしょうね」

「僕が、魔王を従える……」

「歴史的快挙よ。全ての人間が賞賛するわ」

「くひ、いいね。僕はそういうのを待っていたんだ」

セインの顔が喜びで染まる。

それは欲望に飢えた者の醜い笑み。

リサが俺と再び正面から向き合う。

「ソアラが言っていた、裏切り者の意味がようやく理解できた」

「あの女は薄々勘づいてる気がしてたわ。だって、私と同じ偽物の臭いがしたもの」

「じゃあ俺は、魔王と付き合った男ってことか」

「違うわ。勇者に恋人を寝取られた無様で滑稽な戦士よ」

そうかよ、全て演技だったってわけか。嬉しそうに指輪を受け取ったあの顔も態度も、全てが嘘でまみれていたのか。

それでも俺は今の言葉が嘘じゃないのかと疑ってしまう。

深く愛した女がヒューマンを裏切っていたなんて信じたくなかった。

「せっかくだから面白いことを教えてあげる」

彼女はニヤリとしてから呟《つぶや》いた。

「トールの両親を殺したのはこの私よ」

いま、なんて？

「聞こえなかった？　貴方の両親を殺したのは私よ」

「うそ、だよな」

「ふふ、本当のことよ」

意識が遠のくような感覚になった。

リサの言葉を理解しようとするが、頭が拒絶していた。

もし事実なら、俺には受け入れがたい。

「私が唯一貴方を気に入ってた点は、両親の仇《かたき》を目の前にしながら、嬉しそうに愛してると語りかけてくれたところね。だって、ぶふっ、滑稽すぎて笑えるじゃない」

足下から力が抜けて崩れ落ちるように座り込む。

あり得ない。うそだ。

リサはそんなことしない。

「ご主人様！　お気をたしかに！」

カエデが後ろから抱きついて癒やしの波動を使用する。闇の中へ沈みそうだった俺の腕を、白く美しい手が摑んだ気がした。

「カエデ……」

「ご主人様には私が付いていています。だから」

「ありがとう」

俺は立ち上がり深呼吸する。

落ち着け冷静になれ。動揺するな。父さんと母さんが殺されたのは昨日今日のことじゃない。俺はずっと前に二人の死を受け入れただろ。

それよりも、なぜリサが二人を殺したのかを知るべきだ。

「そのビースト、目障りね」

「っつ！」

カエデに杖が向けられ、咄嗟《とっさ》に俺は間に入る。

身を焦がす爆炎、大剣を盾にしてなんとか凌《しの》ぐ。背後にいるカエデが無事なのを確認すると安堵《あんど》した。

しかし、なんて威力だ。さすがはレベル８００の魔王。

たった一発の魔法でもう足が震えている。

「へぇ、今度はその奴隷にご執心なのね。もう私に愛してると言ってくれないの？　ほら、無駄な努力をしていたあの頃の話とか聞かせてよ。惨めなトールの話が聞きたいわ」

「そんなことはどうでもいい。どうして俺の父さんと母さんを殺したのか聞かせろ」

「ああ、そっち。そうね……いいわよ」

リサは近くにあった死体の上に腰を下ろし足を組む。

「元恋人のよしみで計画の全容を教えてあげるわ。特別よ？」

「御託はいい、早く言え」

「せっかちね。まぁいいけど。知っての通り魔王である私にとって一番の脅威は勇者よ。とてもじゃないけど、魔王戦に特化した勇者のジョブは放置できるものじゃないわ。貴方も効果は知ってるでしょ」

最も有名なレアジョブだ。聞いたことのない奴の方が少ない。

勇者のジョブ——魔王のジョブを持つ者に対し、一時的ではあるが毎秒1レベル下げる効果を有する。まさに対魔王の切り札的ジョブ。加えて全能力も底上げされ魔王以外においても強力な力を振るうことができる。

弱点は効果範囲が狭いことと、範囲を抜け出されると一瞬にしてレベルが元に戻る点。

魔王にとって勇者は天敵、どうしても排除したい目障りな存在だ。

「勇者を近づけさせず排除するのは、歴代魔王がやろうとしてきたことだわ。ほぼ全てが失敗に終わってる。だから私は同じ轍《てつ》を踏まぬように考えたの。そして、思いついたのがこちらに引き込むこと」

俺は沈黙を続ける。

彼女は毛先を指で弄びながら話を続けた。

「勇者だって人間でしょ、求める物は沢山あるはずよ。だから私がそれを提供して、代わりに見逃してもらうことにしたの。これならお互いに損はない。協力関係になればより大きな物だって手に入れられる。そう、敵である必要はなかったのよ」

そういう理屈か。なるほどな。

敵になればほぼ確実に葬られる。だったら味方にしてしまえばいい。

歴代の魔王達がやらなかったことにリサは目を付けたんだ。

村に引っ越してきたあの時から、彼女はすでに魔王であり計画的に動いていた。狙いは勇者を籠絡すること。

だが、どうしてそこに俺の両親が関わってくる。

「まず私は占術師のレアジョブを持つ配下に、勇者がどこに現れるか未来予測してもらったわ。それから、あどけない子供のフリをして村に越したの。でも肝心のセインは、普通の色仕掛けでは落とせない偏った性癖を持っていた」

リサは額を押さえて溜《た》め息《いき》を吐《つ》く。

計画通りには行かず苦労したと言いたいようだ。

腕を組んで聞いていたセインは不満そうにリサから目を逸《そ》らす。問題児のように語られることが気にいらないのだろう。

「悩んだわ。他人のものにしか興味が湧かないなんて計算外だったもの。そこで私は計画に変更を加えて、一度他人のものになろうと決めたの」

「つまり俺はセインを手に入れる為の踏み台だったわけか」

「そ、でも、トールを落とすのはそれはそれで面倒だった。そこで思いついたのが、両親を殺されて悲しみに暮れるトールに、私が優しく取り入ることだった」

ぎりり、こみ上がる怒りで奥歯が砕けそうだった。

そんなことで両親は殺されたのか。何も知らなかった馬鹿な俺は、まんまと仇に心を許し信頼しきっていた。何もかもが踏みにじられていたのだ。

「でも計算外だったのはセインに誘惑の魔眼が出たことね。面倒なスキルに目覚めてくれて本当に困ったわ」

「ネイとソアラ、あの二人は巻き込む必要はなかったんじゃないのか」

問いかけにリサはクスクス笑う。

「だから計算外って言ったでしょ。おかげで排除するのに手間取ったわ。セインには私に信頼を寄せてもらわないといけないのに、どうでもいい二人に意識を割かれると困るのよ。信じられるのは私だけ、そう思ってもらわないと計画は失敗だもの」

だが、彼女の言うことには矛盾がある。

彼女の近くには新しい仲間だろう女性が立っていた。もしやあの仲間も計算外だったのだろうか。

「あの子？　あれは私が手配した配下よ」

聖職者らしき女性は指輪を外す。

次の瞬間、姿形が変わり痩せ型の引き締まった魔族の男となった。

「うぇ!?」

——なぜかセインが狼狽《ろうばい》している。

魔族の男はセインに恥ずかしそうな顔を向けた。

それから顔を赤らめて自身のお尻をさする。

「事情は分かったかしら？　最初から貴方には一ミリも興味がなかったし、さらに言えば早く殺したいくらいだったの。見逃したのはせめてもの優しさね」

ようやく真実を捕まえた。全ては目の前の女から始まっていたのだ。

「リサァァアアアアア!!」

俺は怒りに任せてリサに剣を振るう。

だが、一瞬で間に入った魔族の男が槍で剣撃を止めた。

「魔王様に近づけると思うなヒューマン」

「ミリム、恐らくトールのレベルは２００近くよ。注意して戦いなさい。それと私は城に帰るから、適当に相手したら戻ってきなさい」

「はっ」

槍で弾かれ俺は大きく後方へと飛ばされる。

リサは立ち上がり、セインと共に背中を向けて歩き始めた。

待て、俺と戦え。お前達は絶対に許さないぞ。

「六将軍が一人、ミリム。魔王様の命により貴様の相手をする」

「どけ！　邪魔だ！」

力任せに剣を叩きつけるが、奴は槍で衝撃を逃し、鳩尾《みぞおち》に強烈な蹴りをたたき込んできた。蹴り飛ばされた俺は空中で体勢を整え、なんとか地面に指を立てて勢いを殺す。

「よくも主様を！」

ミリムはフラウのハンマーを容易に躱し、一瞬で背後に回り込む。

「見えている」

「アイスロック」

槍の矛先がフラウの背中を狙おうとした瞬間、奴の足は瞬時に凍り付いた。

カエデが鉄扇を華麗に構える。

「よくもご主人様を傷つけましたね……勇者とあの女もそうですが、貴方にも地獄を見てもらわないといけません」

「魔法使いか、邪魔な」

「フラウがいることを忘れないでよね。ブレイクハンマー！」

「ぐぬっ!?」

ど、ずん。轟音が響き、ミリムはハンマーによってすさまじい勢いで飛んで行く。咄嗟に槍でガードした奴は、滑るようにして着地した。

「一撃でこのダメージ、魔装しなければ」

脈動する槍から力を引き出そうとする。

だが、その前に風の刃が通り抜け、ミリムの右腕を肩から切り飛ばした。

宙を舞う腕と槍。

冷たい目をしたカエデがパチンと鉄扇を閉じる。

「そのような暇を与えてもらえると思ったのですか」

「あぎっ!?　ひぃ、ひぃいいいいいっ!!」

ミリムは傷口を押さえて逃げ始める。転んでも立ち上がって必死で走り続けていた。その姿はあまりにも無様で滑稽だ。

カエデが目で『どうしますか？』と問いかける。

決まっている、逃すはずないだろ。

俺は無音で駆け抜け、背後から心臓を串刺しにした。

「げぼっ、こ、こいつら、れべるにひゃくどころじゃ……」

ミリムは力なく地面へと倒れた。大きな血溜《ちだ》まりの中でミリムは息絶える。

「逃げられたか」

左の拳を強く握りしめる。セイン達はすでにどこにもいなかった。

カエデが気持ちを察するように腕に手を添える。その手の温かさが今はありがたかった。

フラウがふわりと地面に降り立つ。

「あいつらムカつくけど、今回ばかりは諦めた方がいいんじゃない。相手はレベル８００の魔王よ」

「……諦めないさ。あの二人は必ず俺が倒す」

「主様がそう言うんだったら付いていくけどさぁ。レベルアップは必須よね」

「ああ、このままじゃ勝てないな」

今の俺ではリサの足下にも及ばない。力の向上は間違いなく必要だ。

勇者がヒューマン側を裏切ったことも問題だ。最悪と言っていい。魔王どころか勇者までもが敵に回ってしまったのだ。

うぉおおおおおっ。歓声が聞こえる。

見れば砦にグレイフィールドの旗が立っていた。

暗黒領域への道が開かれた。いつでも魔族の領域へと踏み込むことが可能となったのだ。

「いかがいたしますか」

「まずはグレイフィールドの国王へ、勇者が裏切ったことを伝えなければならない。追いかけるのはその後だ」

大剣を背中の鞘に収め、俺達は戦場を後にした。

エピローグ Epilogue

前線から離れ数日後。

グレイフィールドの首都へと至った俺達《たち》は、宮殿へと足を運んでいた。

玉座に座るのはグレイフィールドの国王。

まだ四十代と若く、その目には力強さが漲《みなぎ》っている。

「――勇者が裏切ったと言うのはまことか」

「この目で見た。セインは、勇者は魔王に連れられ暗黒領域へと向かった」

「討つべき者が逆に取り込まれるとは。とんでもないことをしでかしてくれた」

国王は肘置きを拳で叩《たた》いた。

謁見の間に重い空気が横たわる。

俺が知る限り魔王と手を組んだ勇者は、長い歴史を見ても一人としていない。

すでにアルマン王には、メッセージのスクロールで報告を入れている。早い内にバルセイユ王にもセインの裏切りの報が届くだろう。

「しかしどうしたものか。今はどの国も聖武具を持つほどの英雄が不在だ。加えて魔王を討てるほどの兵力もこちら側にはない。せめてもう少し時間があれば」

「時間なら俺達が稼ぐ。魔王も勇者も倒さなければならない相手になったからな」

「ふむ、元恋人に元親友だったか。貴公にはその二人を殺す覚悟が本当にあるのか」

「ある」

きっぱりと言い切る。

正直、世界の為《ため》とか平和の為とか、そんなんじゃない。完全な私怨だ。

ネイとソアラを苦しめたセイン。両親を殺したリサ。この二人だけはどうしても許せない。俺の手でけじめをつけなければ。

「よろしい。では貴公に勇者の称号を授けよう」

「……は？」

言っている意味がよく分からなくてアホ面を晒《さら》してしまう。

俺が、勇者？

なにそれ、新しい冗談？

「とは言っても称号を渡すのはアルマン国となるだろうが。こうなった以上、可及的速やかに勇者の席を埋めなければならない。できれば元から貴公が勇者だった、としたいところだ」

「ちょ、ちょっとまってくれ！　俺が勇者なんて！」

「各国の士気に関わるのだ。勇者が裏切ったともなれば、悲観する者も出てくるだろう。希望を潰《つい》えさせぬ為にも、漫遊旅団にはその役目を背負ってもらいたい」

待てって、勝手に話を進めるなよ。

俺は了承してないぞ。

百歩譲って英雄は受け入れよう、けど勇者はダメだ。一度なれば、死ぬまで一挙一動を注目され続けることになる。何度も言っているが、俺は目立つのは好きじゃないんだ。絶対に勇者になんかならないからな。

「その様子だと受け入れがたいようだな」

「悪いが勇者は遠慮させてもらう」

「歴史に名を残す大変栄誉なことだと思うが、何が不満か聞かせてもらいたい」

「め、めだつのが嫌いなんだよ……」

理由が理由なので少し恥ずかしい。

そりゃあ勇者に選ばれるのは正直言って嬉《うれ》しい。

でも昔から主役になるのは苦手なんだよ。

だいたい俺はさ、沢山の責任とか、義務とか、背負えるほどの人間じゃないんだ。小さな村で平凡に生まれ育って、何でもできる親友の背中に憧れて戦士になった、どこにでもいる普通の男なんだよ。だから背負えるものなんてそう多くはない。

勇者なんて俺には重たすぎる。

「では、勇者の称号は漫遊旅団に与えるとしよう。それならば名前は伏せたままでも活動できるのではないか？」

「うぇ、またかよ」

「そう拒むな。すでに漫遊旅団は巷《ちまた》で真の勇者ではないかと囁《ささや》かれている。その噂《うわさ》にお墨付きを与えるだけの話だ。もし勇者であり続けることが嫌ならば、パーティーを解散すればよい」

なるほど、解散して新しい名前で再結成すればいいのか。

そうすれば称号から解放され、俺達は元の自由な生活に戻れる。だが、勇者のジョブを持っていないのに、勇者になっていいのだろうか。

あくまでも代わりだってことは理解しているが、ただの戦士が勇者なんて……。

「それと暗黒領域に踏み込むのは待ってもらいたい。砦《とりで》は落としたものの、未《いま》だ守りは不安定な状況だ。しばしこの街で過ごしたのち、出発してもらえないだろうか」

「分かった。で、待っている間は何をすればいい？」

「風呂だ」


風呂……？

◇

グレイフィールドの住人は風呂好きで有名だ。

その最たるものが大衆浴場と呼ばれる、誰でも入れる風呂の存在だ。

曰《いわ》く、強者《つわもの》は一日三回風呂に入るそうだ。

曰く、風呂からあがったあとのミルクは格別らしい。

曰く、グレイフィールドで風呂に入らない奴《やつ》は馬鹿。

兎《と》にも角《かく》にもこの国は風呂を中心に回っている。

余所《よそ》者の俺には理解できない感覚だ。


「ふぅうう、最高じゃないか」

湯船に浸《つ》かって体の力を抜く。

見知らぬ男達も同様に湯に浸かっており、頭にタオルを乗せてだらしない顔をしている。

俺もあんな顔をしているのだろうか。

だが、そんなことがどうでもいいと思えるくらい気持ちが良い。ここ最近、色々なことがありすぎて疲れていたのかもな。湯に浸かっていると疲れが溶け出すようだ。

「我が国の湯はどうだ」

「うぉ!? どうしてここに!?!?」

いつの間にか横に国王がいた。

つーか、あんたこんなところに来て良いのかよ。王様だろ。

ここ、平民が入るような風呂なんだが。

「気にするな。ここには何人か護衛が紛れている。それに余がここへ来るのは初めてのことじゃない。だいたい一日一回だ」

「毎日じゃねぇか」

仕事してるのかこの王様。

周囲を見てみるが、彼がいることに違和感を抱いている者はいないようだった。それどころか彼を見て「よ、元気か陛下」と挨拶をしているくらいだ。どんな国だよここ。

「ところで君は我が国に移ってくる気はないか」

「それって」

「グレイフィールドの英雄になるのだ。いや、この場合は勇者と言った方がいいか」

彼が言いたいのはアルマンの称号を返上し、グレイフィールドで改めて称号を授かるというものだった。できないことはないが、やれば確実にアルマン王の怒りを買うことになる。俺も、グレイフィールド王も。

「やめておくよ。俺はアルマンとは仲良くしていたいし、英雄の称号だっていずれは返したいと思ってるからな」

「無欲だな」

「そうじゃない。自由が好きなんだよ。忘れてると思うが俺は冒険者だ。好きなところへ行って、好きなことをして、好きなだけ美味《うま》いものを食う。むしろ強欲だと思ってるくらいだ」

国王は「なるほど。確かに欲深い」と風呂の縁へ背中を預ける。

「貴公は魔王を倒せると考えているか」

「さぁな、気持ちの上ではそのつもりだが、実際は相対してみないと分からないだろうな。実力だってかなりの開きがある。まずはそれを埋めないと話にならないだろ」

「正直な男だな。余は誠実な者は好きだぞ」

「そりゃあどうも」

国王がわざわざ来たのは俺の本心を知りたかったのかもな。なんせ魔王も裏切った勇者もよく知った奴らだ。俺まで裏切るんじゃないかと、警戒するのは普通のことだ。

まぁ、無駄な心配なのだが。

「貴公には二人の奴隷がいるそうだな」

「どっちかというと仲間だが」

「ならばこの国にある二つの聖武具の神殿へ行くといい。相応の実力があれば戦力強化も果たせるであろう」

つまりカエデとフラウに聖武具を抜かせろってことか。

考えてみればそろそろカエデの鉄扇も補修が必要なところまで来ていた。元々そこまで強い素材でできた武器でもなかったわけだし。

もし二人が所有者になれるのなら、間違いなく大幅な戦力アップだ。

「それと相談なのだが、貴公のパーティーにしばらく案内人を付けようと思っている。そこそこ戦えて非常に我が国に詳しい者なのだが、どうだろうか」

「それはありがたい。ぜひお願いする」

「ならばよかった。ちょうど外で待たせているのだ」

ざばぁ、国王は微笑《ほほえ》みを浮かべて立ち上がる。

「はろー、初めましてー。第一王女のルーナだよー」

「…………」

浴場の外で待っていたのは、ドレスを着た美しいお姫様だった。

お、お姫様……。

マジかよ。

◆◆◆

ばさっ、ばさっ。僕とリサが乗ったワイバーンがゆっくりと旋回しながら降下する。

ようやく地面に降り立ち、僕らは飛び降りる。目の前には漆黒の城がそびえ立っていた。

ここは魔王の暮らす王城の庭園。

乗ってきた黒いワイバーンは丸くなって眠り始めた。

「魔王の城と言うからどれほど禍々《まがまが》しいのかと期待したんだけど、案外普通だね」

「一年中暗闇に閉ざされた場所とでも思っていたのかしら。暗黒領域なんてのはヒューマンが勝手に付けた名称であって実際は大して変わらないの」

なるほどね。確かにイメージだけで決めつけていたよ。

期待外れ、とまでは言わないが、もう少しダークな雰囲気を望んでいたのだけど。しかし、これはこれで悪くはない。

「ここに来るまでに話した通り、僕がお前の主《あるじ》でいいんだよな」

「もちろん。貴方《あなた》は私のお仕えする方だわ。魔王を越える世界の覇者になるべき勇者様」

「なら、もっとへりくだって喋《しゃべ》れ。お前の態度に気分を害している」

「ああっ、ごめんなさい！　セインをないがしろにしているわけじゃないの、つい魔王としての威厳を演出するくせが出てしまって」

リサは僕に抱きつき謝罪をする。

彼女は妖艶な微笑みを浮かべながら耳元で囁いた。

「貴方に全てを与えてあげるから」

「期待しているよ、リサ」

一時はトールが現れ激しく動揺した。

漫遊だったことも驚いたが、まさかあのお荷物のトールが英雄になっていたなんて。どうやってあれだけの力を手に入れたのかは気になるところだが、どうせ僕には敵《かな》いやしない。

こちらにはレベル８００の魔王がいるのだから。

彼女が言うには、魔族側にあるアイテムで僕の力を格段に上げることも可能らしい。地道に鍛えていたのが馬鹿らしくなる話だ。

「こちらに来て」

リサに案内されるがまま、城内へと踏み入る。

「お帰りなさいませ魔王様」

「どう？　セイン」

エントランスで迎えてくれたのは使用人の女達だ。そのどれもが僕好みで美しい。

魔族の女を一度、抱いてみたかったんだよ。いいねぇ、実にいいよ。

「すべて自由にしていいわよ。ここは貴方のお城だもの」

「くく、くくく、最高だよ。他に僕を喜ばせるものはないのかい」

「付いてきて」

階段を上がり謁見の間へと入る。

黒を基調とした金で装飾された玉座、まさに僕にふさわしい支配者の椅子だ。

「さぁ、座ってみて。貴方の椅子よ」

リサに促され深く腰を下ろす。

はぁぁ、気持ちが良い。これが王の座か。ここから全てを手に入れる僕の伝説が始まるんだ。くひっ。

かたかたかたかた。

……ん？

なんだこの音は、どこから聞こえている？

腰へと目をやれば、聖剣が明滅を繰り返し微細に振動していた。

次の瞬間、剣は光の粒子となって消え去ってしまう。

「聖剣が!?」

「やっぱりそうなったのね。心配無用よ。ここには聖剣に勝るとも劣らない魔剣が存在しているもの」

「だったらいいか」

聖剣を失ったのは痛手だが、だからといって困りはしない。

代わりの物があるならそれを使えば良いんだ。それにさ、前々から聖剣より魔剣の方に興味があったんだよ。あの禍々しいデザイン、僕の好みなんだよなぁ。

「デネブ」

「はっ」

部屋に黒髪の美女がやってくる。デネブと言えば六将軍の一人だったはず。

ぴっちりとした黒い服装に、腕には魔装らしき手甲が付けられている。その体を僕は舐《な》めるように見てやった。デネブは顔を伏せつつ唇をかみしめ睨《にら》み付けてくる。

うんうん、その強気な態度嫌いじゃないよ。その方が組み伏せた時に気分が良い。

「セインの為に魔剣を用意しなさい」

「ただちに」

退室したデネブはすぐに一振りの剣を持ってきた。

漆黒のゾッとするような禍々しいデザインの片手剣。

見ているだけでも寒気がしそうだ。

「聖剣は台座から抜かないと使えないけど、魔剣は違うわ。誰でも鞘《さや》から抜けば所有者になれる」

「もし所有者が死ねばどうなる」

「ここへ戻ってくるわ。その点は聖剣と同じね」

玉座から立ち上がり僕は魔剣を摑《つか》んだ。柄《つか》を握り鞘から抜こうとしてそれを止める。聖剣には試練があった。魔剣にもあると考えるのは普通だ。

考えを察したリサが説明をする。

「魔剣には一つだけ試練があるわ。それは剣を鞘から抜くこと。ただし、死よりも恐ろしい苦痛がそれを阻止しようとするわ」

「抜けば良いんだな。だったら簡単だ」

かきっ、剣を僅かに抜く。

直後にすさまじい痛みが全身に走った。

「あがぁぁああああっ!?　ぐぁぁああああああっ!!」

僕は剣を落とし両膝を屈した。全身に噴き出す嫌な汗。

まるで溶岩に体を突っ込んだような、いや、裸で極寒に晒されたような、とにかく名状しがたい魂をヤスリでごりごり削られるような痛み。

果たして人に耐えられるものなのか。そう思わされる苦痛。

「言い忘れてたけど、剣は引き出すほどに痛みが増すわよ。一気に引き抜いても良いけど、それは止《や》めた方が良いわね。たぶん精神が壊れるわ」

「くっ、少し時間をくれ」

「どうぞ。好きなだけ楽しんでね」

与えられた部屋に僕は籠もった。


「ぎゃぁぁぁあああああっ!!」

がしゃん。また剣を落とす。これで何度目だろうか。もう魔剣は諦めて別の手段で強くなるべきじゃないのか。

だが、リサは魔剣の所有者でない勇者には誰も従わないと言った。

この暗黒領域では力こそが全て、その象徴が魔剣だ。ここで僕の存在を知らしめるには、まずはこの魔剣を手に入れなければならない。

だけど、信じられないほど痛くて苦しいんだ。

今すぐなにもかも諦めて逃げ出したいくらいに辛《つら》い。

「やめないぞ……僕は勇者なんだ、世界を手に入れ、全てを手に入れる勇者。トール、お前が誰を敵に回したのか教えてやるよ！」

剣を掴み、僕は一気に引き抜く。

「ぎゃぁぁあああああああっ!!」

すさまじい痛みが駆け抜け、視界が真っ白になった。

ぱちぱちぱち。拍手が聞こえた。

「おめでとうセイン」

気絶していたのだろう。仰向《あおむ》けに倒れ、視界には満面の笑みのリサが映っていた。

右手には剣の感触。僕は引き抜いたのだ。

「想像以上の成果よ。すぐにギブアップすると思ってた」

「馬鹿にするな……」

「そうじゃないわ。実はセインに渡したのは、魔剣の中でも最強クラスのものだったの。長い歴史でも抜けたのは九人くらいかな。つまりセインは十人目」

僕は体を起こし、しばしぼんやりする。

最強クラスの魔剣？

なんだそれは？

「魔剣は聖剣と違って階級があるのよ。六将軍が所有しているのは、上から二番目。まぁまぁ強い魔剣ね」

「僕を騙《だま》したのか」

「そうじゃないのよ。ほら、先入観があると抜けるものも抜けなくなるでしょ。セインのことを想《おも》って、あえて黙ってたのよ。辛かったんだから」

リサは涙をポロリとこぼして僕に抱きついた。

ふん、まぁいいさ。僕にとって結果が全てだ。

最強クラスの魔剣を手に入れられたなら他はどうだっていい。

「これで僕はトールを越えたのか」

「うーん、どうなのかしら。私、鑑定スキル持ってないからレベルは分からないのよね。あの強さなら暗黒領域にやってくるだろうし、その時に調べればいいでしょ」

「……トールが来る？　ここに？」

「貴方の穴埋めを漫遊旅団がしたらそうなるでしょうね。ふふ」

脳裏に僕を見下ろすトールの顔がよぎる。

お荷物だった役立たずのくせに、僕をあんな目で見やがって。許せない。どっちが上なのかすぐにはっきりさせてやる。

トール、お前は僕が殺す。

番外編 ＞＞＞ エルフの里の夜

エルフ達《たち》による大宴会の翌日。

俺は窓を開けてすがすがしい外の空気を入れた。

最初はどうなることかと思ったが、いざ過ごしてみるとやはりエルフの里はいい。

なんだか故郷の村を思い出すんだよなぁ。懐かしいって言うか、やけに落ち着くって言うか。よく川遊びをしたのを思い出すよ。

「近くに川があるって言ってたよな」

「水浴びでもしたいのか」

「まぁそんなところだ」

アリューシャが川まで案内してくれると言う。

カエデとフラウもすかさず反応した。

「名案ですね。ちょうど洗濯物も溜《た》まっていましたし」

「いいわねそれ、あんたも行くでしょ」

「きゅう」

てことで、俺達は川へと行くことに。

◇

「かーわー！」

「きゅう」

到着した河原では透明度の高い水が流れていた。

フラウとパン太は川をわくわくした様子でのぞき込んでいる。陽光によって水面はキラキラ反射し、枝に留まっている色鮮やかな小鳥が楽器を奏でるように鳴いていた。

「ここも絶景だな」

「素敵ですね。このような場所で暮らせるアリューシャさんが羨ましいです」

「うんうん、そうだろそうだろ。ここはこの辺りで一番景色が良い、女性専用の水浴び場なのだ。存分に満喫してくれ」

さらりととんでもない情報を耳にした気がしたが。

「俺は、別の場所で……」

「心配無用。今日はもう水浴びに来る者はいない。兄上にもきちんと話を通しているから、好きなだけ遊べるぞ」

「それでも俺が交じるってのはなぁ。先に入らせてもらってもいいか。後は三人で好きなだけ水浴びしてくれ」

「しまった、トール殿は男だったな。申し訳ない」

肩を落とすアリューシャを見ていると、こっちが申し訳なく思う。せっかく段取りを決めてくれたのにな。

慰めるつもりで頭を撫《な》でてやった。

「や、やめろ、気安く撫でるんじゃない」

「悪い、つい」

手を離そうとすると、彼女は俺の手首を摑《つか》んで強引に戻す。

「いやだとは、言っていない。前もって伝えてもらえれば……」

「よしよし」

撫でるほどに耳が下がり、表情が和らいで行く。

それからだんだんとだらしない顔へと変わっていった。

「私がご主人様の奴隷なのに～、ごしゅじんさま～」

「お前もか」

目を潤ませるカエデが、頭をこちらへと寄せてくる。

さらさらの頭をひと撫でするほどに、ふにゃぁと表情がほころんだ。

こうなるともう一人もすっ飛んでくるだろう。

「ずるいずるい、フラウもなでなでしてっ！　早く！」

「ほら」

「えへぇ。しょうがないわね主様《あるじさま》は。そんなにフラウの頭をなでなでしたかったのね、大好きだからもっとしてよね」

手の平に頭をぐりぐり擦《こす》り付けてくる。

満面の笑みで喜んでくれるので俺も撫で甲斐《がい》があると言うものだ。

それからパン太も嫌というほどモフモフなでなでしておく。白い塊はとろーんとした目になり「きゅ～」と鳴いていた。フラウが丁寧に洗っているおかげか手触りが良い。

「先に入らせてもらうな」

「はい。ごゆっくり」

女性陣は河原を離れて行く。

残された俺は服を脱ぎ、川の中へと入った。

「ふぅ、気持ちいいな」

川の底は丸い石がゴロゴロしていて足場としては不安定だ。

三人を待たせているので手早く体を洗う。丁寧に洗ったところでどうせすぐに汚れるんだ。適当でいいんだよ適当で。あとはナイフで髭《ひげ》を剃《そ》ってっと。

川からあがりタオルで体を拭く。

がさがさっ。

んん？

誰かいるのか？

じっと草むらを見るが反応はない。

しばらくして「ニャ、ニャ〜」と猫の声が聞こえる。

なんだネコか。驚かせるなよ。

服を着てカエデ達の待つ場所へと向かった。

「も、もういいのですか、ご主人様」

「まぁな。どうした、顔が赤いが？」

「なんでもありまひぇん！　そうですよね、アリューシャさん！」

「フラウに誘われてトール殿の裸を見に行くわけがない！」

しどろもどろの二人にフラウは「しっ」と口の前に指を立てる。

訳の分からんことを言ってないでさっさと水浴びに行け。俺はこれから里に戻って長《おさ》と一杯やるんだ。そっちはそっちで楽しんでくれ。

俺はタオルを首に掛けたまま、三人とそこで別れた。


坂を上りつつ里へと向かう。

しかし、やけに細い道だ。うっかり足を踏み外しそうで怖い。

エルフは毎日こんな険しい道を通って水汲《みずく》みをしていたのか。そりゃあ新しい水源が見つかって喜ぶはずだ。

ずるっ。足下から視線を外した途端、俺は足を滑らせ坂を転げ落ちた。

うわぁあああああああっ!!

どぶんっ。

そのまま川に転落。

水の中で白い気泡が無数に上がる。俺はなんとか水面へと顔を出した。

「……また川へ逆戻りかよ」

上がれそうな場所はないので、浅瀬を目指して下るしかない。

ひとまず水辺まで水中を泳いで移動することに。しかし、意外に流れが速く思ったように動けない。遠くまで流されてしまうと里に戻れなくなってしまう。

ふと、摑まれそうな棒を見つける。助かった。

「ひどい目に遭った……」

棒を摑んで水から顔を出せば、そこにはアリューシャがいた。

水の滴る程よい大きさの乳房に目がいく。

特に背中から腰に掛けてのラインと形の良いお尻は、俺の目をどうしようもなく釘付《くぎづ》けにした。

「――トール殿？」

「ちがっ、これは事故で！」

「ご主人様!?」

「なんでここにいるの!?」

裸のカエデが駆けつけ、遅れて裸のフラウが飛んでくる。

やばい、やばいやばいやばい。このままだと覗《のぞ》き魔と勘違いされてしまう。どうしたらいい。上《う》手《ま》い言い訳は……思いつかない。

アリューシャは顔を真っ赤にして水の中へ入った。

「事前に伝えてくれと言ったのに……」

「きゃぁぁあああっ！　私、裸でした！」

「カエデ、タオルタオル！　って、うわっ！　フラウも裸だった！」

「はきゅ～」

「カエデ!?」

ざばんっ、カエデが水の中に倒れる。

フラウがカエデを引きずり上げ、モロに胸などを見てしまった。

「すまないっ。あとできちんと詫《わ》びを」

「あっ、トール殿！」

俺はびしゃびしゃのまま、集落へと逃げ帰る。

◇

うっかり裸を見てしまった件について、三人はすんなり許してくれた。

不可抗力とは言え見てしまったのは事実。

それ相応の罰は受けるつもりだったのだが、アリューシャもカエデもフラウも怒るどころか、モジモジするだけで想像した反応とはまるで違っていた。

俺が首をひねると、パン太が『どうして分からない？』とばかりに呆れた表情をする。

もしかして脊獣《けんじゅう》より察しが悪いのか、俺。

そして、水浴びをした夜。アリューシャから改めてもてなしを受けることとなった。

とは言っても今回は少人数のささやかなものだが。

「漫遊旅団と我が里の繁栄にカンパーイ」

「ご機嫌じゃないか」

「当然だ。トール殿は末代まで称《たた》えるべき大手柄をあげたのだからな」

「うぇ、酒臭いぞお前。もしかして先に飲んでたか」

「ソ、ソソ、ソンナコトハナイ！」

挙動不審に目を逸《そ》らすアリューシャを俺とフラウはジト目で見る。

すでに顔が赤いんだが。始まって早々ハイテンションだしな。どうせ一口だけとか言いつつ、ついがぶがぶ飲んでしまったんだろ。こいつ、そういうところあるよな。

タンブラーから酒を飲んだ俺は、その甘い口当たりに目を見開く。

これは……蜂蜜酒だ。最近飲んだので間違いない。

「ふふーん、気が付いたようね。エルフはフェアリーと色々と取り引きをしてるの。主様が飲んだお酒はフェアリーの蜂蜜酒よ」

「やっぱり甘くてぽかぽかして美味《おい》しいですね」

カエデはふわふわとした様子でだらしない顔となっている。

あまりお酒が強い方ではないようなので、適度なところで止めるべきだろう。蜂蜜酒は度数こそ低いが、口当たりが良すぎていくらでも飲んでしまう。

「ごしゅじんさま～、すりすり～」

「もうそのくらいにしておけ」

ほろ酔いモードのカエデは俺に抱きついて、胸の辺りに匂いを付けるように顔を擦り付ける。狐《きつね》耳《みみ》はいつも以上に垂れており、ふわふわの尻尾は盛んに振られていた。

ぐいぐい押しつけられる胸に思わずごくりと唾を飲み込む。

俺は部屋の中を見渡しアリューシャの兄――長がいないことに気が付いた。

「あいつはどうしたんだ？」

「兄上は用事があるとか言ってつい先ほど出て行った。寝床の準備はしてあると言っていたが……」

あの適当な兄上にしては珍しいこともあるものだ」

「そりゃあありがたい。いつでも寝られるわけだ」

「主様もアリューシャも相当に鈍いわよね」

「「？・」」

俺が鈍いのは今さらじゃないか。しかしなぜ今それを？

ま、どうでもいいか。美味《うま》い飯に美味い酒があればどうでもいい。

突然、刻印からパン太が飛び出した。

「きゅう！」

「あ、白パンのこと忘れてたわ」

「きゅう、きゅう！」

「怒んないでよ、ちゃんと呼ぶつもりだったんだから。だいたいあんたも刻印の中で寝てたじゃない。主様じゃないと呼び出せないのに」

ぷんすか怒るパン太をフラウは軽くあしらいながら蜂蜜酒をがぶがぶ飲む。あれだけの量がどこに入っているのか、フェアリーとは謎多き種族だ。

フラウはかなりの酒好きのようで、度数の高いエルフの酒も平気な顔で飲み続けている。

一方のアリューシャもそこそこ酒は強いらしく、未《いま》だご機嫌な様子で料理などを俺の皿に取ってくれたりしていた。

意外にも面倒見はいいようだ。

それにここにある料理は全て彼女のお手製である。美人で料理が上手いなんて、彼女は良いお嫁さんになりそうだ。結婚する相手はさぞ幸せだろうな。

「アリューシャと結婚する相手は幸せだろうな」

「ふぁ!?」

おっと、心の声がそのまま出てしまった。

酒でピンク色だったアリューシャの顔が、みるみる赤く染まってゆく。

おまけにわなわな震え、エルフ特有の長い耳がぴんと立っていた。

「わたし、のような女が好みなのか」

「どちらからと言えばそうだな。つーかエルフを嫌いなヒューマンなんているのか。結婚したがる奴《やつ》は山ほどいると思うが」

「トール殿が……わたしを」

エルフはなぜか整った顔立ちで生まれる。

男なら美男子、女なら美女、ハイエルフともなれば近寄りがたいほどの美貌を誇る。アリューシャはそのハイエルフだ。おまけにスタイルも良くて——胸はあまりないが——器量も良く、性格も短所はあるもののおおむね良い。

こんな奴が近くにいたら普通の男は放っておかないだろう。

「ごしゅじんさまは～、カエデのごしゅじんさまです～」

「分かった分かった。よしよし」

「んふ～」

すっかり酔いが回ったカエデは、俺の体にもたれかかってひたすらにすんすん匂いを嗅いでいる。

どうも彼女は酒が入ると甘えん坊になるようだ。

頭を撫でてやれば蕩《とろ》けたような顔を見せる。

普段は白い肌もアルコールによって薄いピンク色に変化していた。

押しつけてくる胸も弾力があって柔らかく、盛り上がった谷間にはこぼした蜂蜜酒の水滴がつぅと一筋流れる。チラリと覗く下着の色に視線は釘付けだ。

くそっ、なんて破壊力だ！

俺の理性がエグいほどに腹パンされているんだが!?

ヒューマンなのにワーウルフになりそうだ。

「トール殿、遠慮なく飲んでくれ」

「ああ、すまないな」

いつの間にか隣にアリューシャが座っていた。彼女は俺の腕にすべすべする腕をくっつけてお酌をしてくれる。

俺は酒は強い方だが、こんなにも気持ち良く飲まされてしまうと気分で酔ってしまう。エルフにお酌してもらえるなんて初めての経験だしな。

アリューシャもほろ酔いなのか、薄いピンクに染まった顔はリラックスしている。

普段はぴんと立っているエルフ耳も垂れ下がっていた。

「ふぅ、熱い。飲み過ぎてしまったようだ」

「そろそろお開きにするか。カエデもうとうとしているようだしな」

「ふわぁ？　私は、まだお付き合いできますよ……？」

上体を起こしたカエデは、目を擦りながらあくびをする。

明らかにもう限界だ。目がとろーんとしていて、胸を隠している服がずり下がって危険な位置で止まっている。

寝床へ運ぶ為《ため》に横向きで抱え上げれば、彼女は寝ぼけつつ俺の首に腕を回した。

「フラウはもう少し飲んでから寝るわ」

「きゅう」

「あんまり飲み過ぎるなよ」

「ぶはぁ、蜂蜜酒は最高ね！」

「きゅ、きゅう！」

すでに話を聞いていない。

フラウはパン太を相手に、テーブルの上でお腹《なか》を抱えてけらけら笑っている。

「わたしも寝るとしよう。寝室へ案内する」

「悪い」

アリューシャの案内で寝室へと移動した。

「嘘《うそ》だろ……」

「兄上め！」

寝室にはベッドが一つしかなかった。しかもダブルサイズ。

これに二人で寝ろと？

「まさか！」

部屋を飛び出すアリューシャ。

すぐに悲鳴が聞こえた。

そこへ向かってみれば床に座り込む彼女がいた。

「どうしたんだ?」

「わたしの、部屋が……」

「あ」

アリューシャの部屋の扉が板でがっちり塞がれていた。

これじゃあ使えないな。

「そうだ、兄上の部屋!」

「も、使えないみたいだな」

隣の扉も板で覆われている。

長の仕業だろうが、何を目的にこんなことをしたのか意図が読めない。とりあえずベッドは一つあるし、カエデとアリューシャを寝させて、俺は床で寝るとしよう。

三人で先ほどの部屋へと戻る。

「カエデ、ベッドだぞ」

「ごしゅじんさまと、はなれたくない……むにゃむにゃ」

「よしよし」

「んふぅ」

カエデをベッドに下ろし、頭を撫でてやる。

狐耳を垂れさせ、幸せそうな顔で寝息を立て始めた。

スカートが少しめくり上がり、太ももが露《あら》わになっているが、俺は目を逸らしながら毛布を掛けてやった。

「ならば、わたしは床で寝よう」

「俺が床で寝る。お前はカエデと一緒に寝てくれ」

「それはいけない。恩人にそのようなこと」

「どうしろって言うんだよ。ベッドは一つしかないんだぞ」

「い、いい、一緒に寝ればいいじゃないか！」

はぁ？　何言っているんだ？

この狭いベッドに三人で寝るだって??

そりゃあ身を縮めればできなくもないが。

「いいから早く寝ろ！」

「うぉ!?」

どんっ、と背中を突き飛ばされる。

渋々俺は服を脱ぐ。

「おい！　何故《なぜ》服を脱ぐ!?」

「いや、酒が入って体が熱いし」

「それはそうだが、ああもう、なんて奴だ！」

「？」

するとアリューシャも背を向けて服を脱ぎ始める。彼女も熱かったようだ。

下着を着けていないらしく、なめらかな真っ白い背中が、窓から入る月光に照らされて浮かび上がった。引き締まった腰と太ももがやけに艶《なま》めかしい。

「向こうを向いていろ」

「お、おお……」

パンツ一枚の俺はカエデの横に入る。

しばらくして毛布がめくられ、背中に柔らかいものが当たった。

アリューシャの吐息が俺の耳元を撫でる。

「もっと奥に行け」

「無理だよ。カエデが落ちる」

「ごしゅじんしゃま～」

「カエデ!?」

寝ぼけたカエデが胸を押しつけてくる。

服がさらにずり下がり、肌に柔らかい膨らみが直接擦り付けられた。

あ、やばい。

熱が下方へと移動し、ムクムクする。

落ち着け俺。こんなのがバレたら恥ずかしすぎる。カエデもアリューシャも俺を信じて一緒に寝てくれているんだ。変なことをするわけにはいかない。

素足にアリューシャの足が絡みつく。

「なんだ、足が冷たいじゃないか。温めてやろう」

「ま、待ってくれ」

「懐かしいな。今は亡き両親もこうして私の足を温めてくれたんだ」

「……そうか」

待った。しんみりする話のはずなのに、全く興奮が収まらないのだが。擦り付けられるすべすべの足のせいで話が右から左へ抜けて行っている。

背中と胸に当たるむにゅむにゅした感触が心地よすぎる。

「ごしゅひんはま～」

今度はカエデが脚を絡ませてくる。

首に腕を回し、俺の首の辺りをくんくん嗅ぐ。

やめて、これ以上はやめてぇ。

サンドイッチ状態で、理性が本能のサンドバッグ状態なんです。

「ん、トール殿の背中はずいぶんと広いな」

「ごひゅひん、あん、はぁはぁ」

前後の二人が密着したまま肢体をくねらせる。素肌に素肌が擦り付けられ、俺のボルテージはぐんぐん上昇していた。

毛布の中をのぞき込めば、四本の脚が俺の脚に蛇のようにいやらしく絡みついている。カエデの足の指が、俺の足の指を舐《な》めるようにねっとりと吸い付いた。

も、もう、我慢できない！

俺の中のワーウルフが猛《たけ》り狂っている！　わぁおおおん!!

超絶ヤル気マックスになってしまったところで異変に気が付いた。

「すー、すー」

「ぐうぅ」

どうやら寝てしまったようだ。しかしながら俺の興奮は収まらない。この熱をどうにかしなければ。未だに俺のワーウルフが獲物を寄越《よこ》せと吠《ほ》えている。

そっと一人でベッドを出て服を着る。

忍び足で部屋を出て玄関のドアノブを握った。

「主様、どこかへ行くの」

「水浴びでもして、頭を冷やしてくる」

「……こんな夜更けに？」

「何も聞くな。男とは悲しい生き物なんだ」

テーブルで横になっているフラウにそう言って、闇に満ちた外へと出かけた。

◇

朝食のモッコイ芋をもそもそと食べる。

隣に座るカエデとアリューシャはモジモジしながら、時折こちらをちらちら見ていた。

「途中まで一緒に寝ていたのは覚えているんだが……目が覚めたらトール殿がいなかった。昨夜はどこで？」

「ここだ」

「ご主人様と同じベッドに寝ていたなんて、私のバカバカバカ！」

「どうしたんだカエデ、落ち着け」

「ご、ごしゅじんさま？　なんだか今日は妙に爽やかですね」

そうか？

いつも通りだろう？

テーブルで芋を囓《かじ》るフラウが、片頬を膨らませてじっと見る。

「すっきりした顔してるわよね。そういえば水浴びに行くって言ってたけど、ずいぶんと帰りが遅かったわよね」

「あのくらいかかるものだと思うが」

「でも二時間も水浴びする？」

「そ、そう、星を見ていたんだ。すっかり忘れていたなぁ」

「ふーん」

フラウの目が細まる。まるで事件に遭遇した探偵のようだ。

俺はリュックに入れてあったクッキーの袋を差し出し、余計な詮索はするなと暗に伝える。

男には男の決して語ることのできない苦労があるのだ。

「ただいま」

そこへ長が飄々《ひょうひょう》とした態度で帰宅した。

悪びれた様子もなく席に座りカエデからお茶を受け取る。

「兄上、いたずらが過ぎる！」

「なんのことかな？」

「わたしや兄上の部屋を板で塞いだだろ。おかげでわたしも客室で寝るはめになったではないか」

「でも、彼と距離を縮めることはできたんじゃないか」

「うっ……それは」

お茶を啜《すす》る長は、笑顔でカエデに「美味しいよ。ありがとう」と感謝を述べる。

俺も芋をもぐもぐしつつ、お茶を飲みながら上の空で話を聞いていた。

「それに兄としては妹を応援してあげたいじゃないか。ようやく堅物のアリューシャがこいご――

むぐぁ!?」

「うわっ、わわっ！　兄上、ここにはトール殿が！」

アリューシャが長の口を押さえている。

もぐもぐ。しかしこの芋、何度食べても美味いな。カエデがすっとおかわりの芋を差し出してくれた。悪いな。

ふとカエデの顔を見れば、なぜだかニコニコしている。

どうしたんだ一体？

おい、なぜフラウとパン太が呆《あき》れたような目を向けてくるんだ。

普通に芋食ってるだけだろ。それともカエデがくれたこの芋、食っちゃ不味《まず》かったか。

「主様って話を聞いているようで聞いてないわよね。たった今とか」

「きゅう」

「そこもご主人様の素晴らしいところです」

「カエデ、あんたって時々とんでもなくバカになるわよね」

芋を腹一杯食ったところで、俺は日が差し込む床でごろりと横になる。

近くをパン太が飛んでいたので捕まえて枕にした。

「トール殿、食後にすぐ寝ては牛になるぞ」

「ふわぁ、この部屋って日当たりがいいわよね」

「ご主人様を見習って、たまにはお昼寝しましょうか」

三人の声が遠くなって行く。

「…………？」

しばらくして起きれば、目の前に狐耳があった。

「カエデ？」

「ごひゅんひゃま……」

いつの間にかカエデが真横で俺の服を摑んだまま寝ている。

「ぐぅう、ふがっ」

「すぴー、すぴー」

足下では大の字でフラウが熟睡していて、反対側にもアリューシャが背を向けて丸まるように寝ていた。

結局、全員揃《そろ》ってお昼寝か。いや、まだ午前中だしこの場合二度寝か？

窓から入る日の光は、ポカポカ暖かく再び眠気を誘う。

俺は幸せな気分でゆっくりと瞼《まぶた》を閉じた。

あとがき

こんにちは。ＮＴＲ大好き作者の徳川レモンです。

一巻に続き二巻も手に取っていただき、まことにありがとうございます。

Ｗｅｂ版をお読みの方ならすでにご存じかと思いますが、本巻は上中下の中巻の部分に当たります。ひとまず次巻で追放を発端とした一連の流れは収束に向かう予定です。幼なじみとの決着を楽しみに待っていただけると嬉《うれ》しい限りです。

さらに三巻では、甘いイチャエロとモフモフもたっぷり御用意しております。担当編集さんに「これ以上はまずいです！」と警告を受けるくらいまでは頑張るつもりです。

さて、本巻では新しいヒロインである、アリューシャが登場しております。

彼女については、当初黒髪ではなく金髪で設定していたのですが、見て分かる通り本作では金髪率が高いので差別化を図る目的で変更を加えました。私の大雑把な設定書から、神キャラを作り出すriritto先生の腕には本当に驚きです。しゅごい。

ところで皆さん、眷獣《けんじゅう》の元ネタにはお気づきになられましたか？

分かる方は分かるみたいですが、眷獣の元ネタは某有名漫画に登場する術と某宇宙ホラー映画です。どちらも大好きな作品でして、一種の憧れのような物をいだいておりました。現在の形にたどり着くのは割と早かった記憶があります。


ここで一つ大きなお知らせをいたします。

２０２１年3月より、ＷＥＢデンプレコミックにて経験値貯蓄のコミカライズが開始されます。描いてくださるのは、週刊ヤングマガジンにて『首を斬らねば分かるまい』の作画担当をされていた『奏《かなた》ヨシキ』様です。

本巻が発売される頃には、すでに連載が開始されていると思います。私も原作者としてキャラデザやネームを拝見させていただいたのですが、前作とは違う絵柄に非常に驚かされました。カエデはめちゃくちゃ可愛《かわい》いし、迫力ある絵とコマ割りはヤバいくらいに面白い。漫画家さんやべぇ、ぱねぇっすよと、ふんすふんすと興奮してしまいました。ぜひ読んでみてください！


最後に、いつも温かく応援してくださる『なろう部族』の皆様、神イラストを描くriritto様、担当編集者様、オーバーラップ編集部の皆様、印刷流通製本関係者の方々、心より感謝いたします。

最後まで読んでくださりありがとうございました。

三巻で再びお会いできるのを楽しみにしております。

経験値貯蓄でのんびり傷心旅行 2
～勇者と恋人に追放された戦士の無自覚ざまぁ～

発行 2021年4月25日 初版第一刷発行
著者 徳川レモン
イラスト riritto
発行者 永田勝治
発行所 株式会社オーバーラップ
〒141-0031 東京都品川区西五反田7-9-5
校正・DTP 株式会社鷗来堂
印刷・製本 大日本印刷株式会社

ISBN 978-4-86554-892-1 C0093

【オーバーラップ カスタマーサポート】
電話 03-6219-0850
受付時間 10時～18時(土日祝日をのぞく)

作品のご感想、ファンレターをお待ちしています

あて先:〒141-0031 東京都品川区西五反田7-9-5 SGテラス5階 オーバーラップ編集部
「徳川レモン」先生係／「riritto」先生係

スマホ、PCからWEBアンケートにご協力ください

アンケートにご協力いただいた方には、下記スペシャルコンテンツをプレゼントします。
★本書イラストの「無料壁紙」 ★毎月10名様に抽選で「図書カード(1000円分)」

公式HPもしくは左記の二次元バーコードまたはURLよりアクセスしてください。
▶ https://over-lap.co.jp/865548921
※スマートフォンとPCからのアクセスにのみ対応しております。
※サイトへのアクセスや登録時に発生する通信費等はご負担ください。

オーバーラップノベルス公式HP ▶ https://over-lap.co.jp/lnv/